KB062734

●原本解説로 누구나 쉽게 배우는

고 사 성 어

故事成語

부 록

속담 풀이

편집부 편

太乙出版社

첫머리에

우리의 일상 생활에서 흔히 사용하는 말(또는 글) 가운데 고사성어(故事成語)가 차지하는 비중은 상당히 크다. 원래 고사성어는 중국에서부터 비롯되어 우리나라에 전해져 내려왔다. 수천 년 동안 동양 문화를 받아들이고 형성시켜온 우리는 지극히 자연스럽게 말과 글 속에서 고사성어를 인용, 또는 응용하여 사용하고 있다.

고사성어란 짧은 한자어를 조합하여 어떠한 뜻을 나타내는 합성어(合成語)이다. 따라서 고사성어를 올바로 이해하고 그 의미를 깨달을 수 있다면 우리는 보다 더 알찬 상식과 지식을 갖출 수 있게 될 것이다.

이 책은 주로 일상 생활에서 많이 쓰이는 고사성어 중에서 그 뜻이 확실하고, 누구나 이해하기 쉬운 생활 필수 고사성어만을 엄선하여 실었다. 원문과 해설은 비교적 자상하게 다루었으므로 누구든지 쉽게 읽고 그 뜻을 충분히 이해할 수 있으리라 믿는다. 아울러 짧은 숙어를 사용하여 보다 많은 뜻을 내포한 함축성 있는 말과 글을 나타낼 수 있을 것이다.

특히 이 책의 뒷부분에는 부록으로 「속담 풀이」를 곁들였다. 고사성어와 마찬가지로, 찾아보기 쉽도록 ㄱㄴㄷ 순으로 배열하였다. 공부하는 학생은 물론 일반인에 이르기까지 다양하게 읽혀지고, 여러모로 유익하게 쓰여지리라 믿는다.

'아는 것이 힘'이라는 속담이 있다. 요즘처럼 각박한 현실 속에서는 힘있는 사람만이 사람다운 구실을 할 수 있고, 사람다운 대접을 받을 수 있지 않을까? 만약 그렇다면 우리는 힘을 갖기 이전에 먼저 힘의 원천이 되는 '앎(지식)'을 갖추어야 할 것이다.

그런 의미에서 이 책은 바로 현대를 살아가는 생활인에게 없어서는 안될 인생의 올바른 지침서라고 할 수 있을 것이다.

아무쪼록 독자 여러분에게 도움이 되는 책이 될 수 있었으면 하는 바이다.

편 자 씀

※차 례※

呵呵大笑 (가가대소)

큰 목소리로 호탕하게 웃는 웃음으로 홍연대소(哄然大笑)와 같다.

家家戶戶 (가가호호)

집집마다.

街談巷說 (가담항설)

길거리나 항간에 떠도는 소문. 즉, 세상의 풍문, 길거리의 화제로써 항담(巷談)과 같은 말.

苛斂誅求 (가렴주구)

세금을 혹독하게 징수하고, 강제로 제물을 빼앗음. 탐관오리, 도탄지고(塗炭之苦), 함분축원(含憤蓄怨)과 유사한 의미.

假弄成眞 (가롱성진)

처음에 장난삼아 한 짓이 나중에는 참으로 한 것 같이 됨을 의미하는 말로써, 거짓된 것이 참된 것처럼 보이는 것을 뜻한다.

◙ 葭莩之親(가부지친)

촌수가 먼 인척(姻戚).

◙ 家貧思賢妻(가빈사현처)

집안이 가난해지면 어진 아내를 생각한다는 뜻.

◙ 家書萬金(가서만금)

집에서 보내온 반갑고도 귀중한 편지.

◙ 可與樂成(가여낙성)

일의 성공을 같이 즐길 수 있음.

◙ 可以東可以西(가이동가이서)

이렇게 할 만도 하고 저렇게 할 만도 함. 가동가서(可東可西).

◙ 佳人薄命(가인박명)

아름다운 여자는 명이 짧다는 말. 즉 여자의 용모가 너무 아름다우면 운명이 기박하다는 뜻.

어린 비구니를 노래한 소동파의 시에서 나온 말로, 시인 소동파는,

自古佳人多命薄
閉門春盡楊花落

예로부터 미인은 박명하다고 하거니와
대문을 잠근 채 절 안에만 틀어박혀 있는 중에 봄도 거의 다 가고 말아서 버들꽃이 저렇게 지는구나 라고 읊었다.

◙ 家藏什物(가장집물)

집안의 온갖 세간들.

◙ 苛政猛於虎(가정맹어호)

가혹한 정치는 호랑이 보다도 더 무서운 해독을 끼친다는 뜻.

「예기」에 전하는 말로,

공자가 제자들을 이끌고 태산 곁을 지나가는 중에 무덤옆에서 한 여인이 슬픈 듯이 곡을 하기에 물으니, 그 여인은 이렇게 대답하였다.

"저는 몇 번이나 불행을 만났읍니다. 지난날 시아버님께서 호환으로 돌아가시더니 남편과 아들마저 같은 재앙으로 돌아갔읍니다. 이에 이렇게 우는 것입니다."

이에 공자가 묻기를,

"그러면 왜 이곳을 떠나지 않는가?"

그러자 여인은,

"이곳에는 가혹한 정치가 없기 때문입니다."

라고 대답했다. 그러자 공자는 제자들을 돌아보며 가정맹어호(苛政猛於虎)라 하였다 한다.

家和萬事成(가화만사성)

집안이 화목하면 하는 모든 일들이 잘 이루어진다는 말.

刻骨難忘(각골난망)

은혜가 뼈에 새겨져 잊혀지지 않는다는 말로, 남의 은덕을 잊지 않음을 뜻한다. 유사한 의미의 숙어로 백골난망(百骨難忘), 결초보은(結草報恩) 등이 있다.

刻骨痛恨(각골통한)

뼈에 사무쳐 맺힌 원한이란 말로써, 원한이 매우 깊음을 뜻한다. 각골지통(刻骨之痛)과 같은 뜻.

各人各說(각인각설)

사람마다 주장하는 설이나 의견이 다름.

◙ 各人自掃門前雪 (각인자소문전설)

사람들 각자마다 자기 할 일은 자기가 할 것이요, 남의 일에는 절대 관여하지 말라는 뜻.

◙ 各自圖生 (각자도생)

사람은 제각기 살 길을 도모한다는 뜻.

◙ 刻舟求劒 (각주구검)

어떤 초나라 사람이 양자강을 건너는 중에 칼을 떨어뜨리자, 떨어진 자리에 안표를 하였다가 배가 정박한 뒤에 칼을 찾는다고 물에 뛰어든 우화에서 유래한 말로, 판단력이 둔하여 세상 일에 어둡고 융통성이 없는 것을 말한다. 이는 연목구어(緣木求魚), 격화소양(隔靴搔癢)과 비슷한 의미.

◙ 肝腦塗地 (간뇌도지)

참살을 당하여 간과 뇌가 땅바닥에 으깨어졌다는 뜻으로, 여지없이 패함을 말한다.

◙ 肝膽相照 (간담상조)

간과 쓸개를 서로 보인다는 말로, 서로 진심을 터놓고 사귀는 것을 뜻함.

◙ 竿頭過三年 (간두과삼년)

대끝에서 삼년. 즉 아주 위태로운 형세를 말함.

◙ 竿頭之勢 (간두지세)

대막대기 맨 끝에 선 것 같은 아주 위태로운 형세. 즉 어려움이 극도에 달함을 말한다.

◙ 乾木水生 (건목수생)

마른 나무에서 물이 난다는 뜻. 아무 것도 없는 사람에게 무리하게 무엇인가를 내놓으라고 요구함을 비유한 말로, 강목수생(剛木水生)과 뜻이 같다.

姦聲亂色(간성난색)

간사한 소리는 귀를 어지럽게 하며 좋지 못한 색은 눈을 혼란스럽게 함.

間於齊楚(간어제초)

제나라와 초나라 사이에 끼어 있다는 풀이로써, 약자가 강자 사이에 끼어 있어 괴로움을 당함을 의미한다.

看雲步月(간운보월)

객지에서 집 생각을 하며 달밤에 구름을 바라보며 거닒.

渴不飮盜泉水(갈불음도천수)

갈증이 난다 하여도 남의 샘물을 몰래 훔쳐 마시지 않는다는 뜻으로, 아무리 곤경을 당해도 의롭지 않은 일은 하지 않는다는 말.

渴而穿井(갈이천정)

목이 말라서야 우물을 판다는 뜻으로, 어떤 일을 미리 예비해 두지 않고 임박하여 급히 한다는 말.

感慨無量(감개무량)

지나간 일이나 자취에 대해 느끼는 감홍이 한량없이 크고 깊다는 말.

鑑明者塵垢弗能埋(감명자진구불능매)

맑은 거울이 모든 것을 환하게 비추어 주는 것과 같이 사람의 마음도 밝으면 올바른 도리를 얻는다는 말.

敢不生心(감불생심)

감히 생각하지도 못함.

甘言利說(감언이설)

다른 사람의 비위에 맞도록 꾸민 달콤한 말과 이로운 조건을 내세운 그럴 듯한 말.

敢言之地(감언지지)

거리낌없이 말할 만한 처지.

甘井先渴(감정선갈)

맛이 좋은 우물 물은 길어가는 사람들이 많으므로 일찍 마른다는 뜻으로, 재능있는 사람이 빨리 쇠약해진다는 말.

坎井之鼃(감정지와)

우물 안의 개구리란 말로, 견문이 좁은 사람을 뜻한다.

甘旨奉養(감지봉양)

맛난 음식으로 부모를 봉양함.

甘呑苦吐(감탄고토)

달면 삼키고 쓰면 뱉는다는 말로, 사리의 옳고 그름을 떠나 자기의 비위에 맞으면 좋아 덤비고 안 맞으면 돌아선다는 뜻. 즉 이기주의적 태도를 꼬집는 말.

甲男乙女(갑남을녀)

갑이란 남자와 을이란 여자의 뜻으로, 평범한 사람들을 가르킴. 이와 유사한 말로써 장삼이사(張三李四), 필부필부(匹夫匹婦), 우부우부(愚夫愚婦)가 있다.

甲論乙駁(갑론을박)

서로 논란하고 반박함

康衢煙月(강구연월)

강구는 4通 5達의 거리로 강구에 흐르는 안온한 풍경. 즉 태평한 시대의 평화스러운 모습을 상징한다.

태평성대(太平聖代), 격양가(擊壤歌), 고복격양(鼓腹擊壤), 요순시대(堯舜時代), 비옥가봉(比屋可封)도 같은 의미이다.

強近之親(강근지친)

도와줄만한 가까운 일가. 즉 강근지족(強近之族).

江山風月(강산풍월)

강산과 풍월, 곧 자연의 아름다운 풍경.

綱常之變(강상지변)

강상에 어그러진 변고.

強弱不同(강약부동)

한편은 강하고 한편은 약하여 도저히 상대가 안됨.

江湖煙波(강호연파)

강·호수 위에 안개처럼 보얗게 이는 잔물결을 가르키는 말로, 아름다운 자연의 풍경을 의미함. 즉 산자수명(山紫水明), 천석고황(泉石膏肓)과 같은 의미.

改過遷善(개과천선)

지나간 허물을 고치어 착한 사람이 된다는 말로, 개사귀정(改邪歸正), 개과자신(改過自新), 방하도도(放下屠刀)라고도 한다.

이는 진나라에 있던 주처의 이야기에서 유래한 숙어이다. 주처가 어렸을 때 아버지가 세상을 떠나자, 부모의 보살핌이 없는 주처는 온갖 악행을 자행하며 마을의불량아로 모든 사람들의 미움의 대상이 되었다. 그러나 그도 커감에 따라 자신의 과오를 뉘우치고 새사람이 되기로 결심한다. 그러나 주위의 눈초리는 예전과 다름이 없다. 이에 하루는 주처가 마을 사람들에게 묻기를,

"지금은 세상이 모두 평안하여 의식주 걱정이 없는데, 당신들은 어쩌하여 나만 보면 얼굴을 찡그리십니까?"

하자, 한 사람이 말하기를,

"마을에 근심을 끼치는 세가지 해로움을 제거하지 못했는데 어찌 태평하기를 바랄 수 있겠나?"

"세가지 해로움이라뇨?"

"남산에 사는 무서운 호랑이, 장교 아래에 있는 교룡, 그리고 자네 주처라네."

이에 주처는 세가지의 악을 물리치기로 결심하고긴 싸움 끝에 호랑이와 교룡을 물리치고 겨우 목숨만을 유지한채 마을로 돌아왔다. 그러나 마을 사람들이 반기지를 않자, 그는 그 원인이 자신에게 있음을 깨닫고는 마을을 떠나 동오에 가서 대학자 육기와 육오를 만나 글을 배우며 10여 년 동안 품덕과 학문을 익혀 대학자가 되었다 한다.

◙ 改過不吝(개과불린)

잘못이 있다면 즉시 고치는 데 잠시도 지체하지 말라는 뜻.

◙ 蓋棺事定(개관사정)

사람이란 관(棺) 뚜껑을 덮고 난 후에야 그 사람에 대한 올바른 평가를 내릴 수 있다는 말로써, 예전부터 널리 회자되어 왔다. 결국 사람이란 일생을 삶에 항상 긴장을 풀지 말고 살라는 교훈이다.

◙ 改頭換面(개두환면)

일을 근본적으로 고치지는 않고 사람만 바꾸어서 그대로 시킴.

◙ 開門揖盜(개문읍도)

문을 열고 도둑을 불러 들인다는 뜻으로, 제 스스로 재난을 불러 들이는 것을 의미한다. 개문납적(開門納賊)과 동의어.

◙ 蓋世之才(개세지재)

일세(一世)를 뒤덮을 만한 재주. 또는 그런 재주를 지닌 뛰어난 인물을 말함.

◙ 客反為主(객반위주)

손이 도리어 주인 노릇을 한다는 말로 주객전도(主客顚倒)를 말함.

◙ 客隨主便(객수주편)

손님이 주인 하는 대로만 따름을 의미한다.

◙ 客地眠食(객지면식)

객지에서 자고 먹음을 뜻하는 것으로, 곧 객지생활의 상태를 말함.

◙ 客窓寒燈(객창한등)

나그네의 외로운 숙소에 비치는 차고 쓸쓸한 등불로써, 즉 나그네의 외로운 신세를 일컬음.

◙ 更無道理(갱무도리)

다시 어찌할 도리가 없음.

◙ 去去益甚(거거익심)

갈수록 더욱 심함.

◙ 去頭截尾(거두절미)

머리와 꼬리를 자른다는 뜻으로, 전후의 부수적인 잔 사설을 빼고 요점만을 말함.

◙ 拒門不納(거문불납)

문을 닫고 들이지 않는다는 뜻으로, 거절을 의미함.

◙ 擧世皆濁(거세개탁)

온 세상이 다 흐리다는 말. 즉 지위의 고하를 막론하고 모든 사람이 바르지 못함을 뜻하는 것으로써, 혼돈지세(混沌之世), 혹세무민(惑世誣民)과 유사한 말.

◙ 居安思危(거안사위)

편안하게 살면서도 항상 위험할 때를 생각함.

◙ 擧案齊眉(거안제미)

후한(後漢) 때의 양홍(梁鴻)의 처 맹광(孟光)의 고사에서 유래한 말로, 맹광은 남편을 지극히 섬겨 남편에게 밥상을 올릴 때는 남편을 공경하는 뜻에서 반드시 눈썹에 맞추어서 들었다고 한다.

◙擧一反三(거일반삼)

할 일을 미루어 보아 모든 일을 헤아림.

◙去者日疎(거자일소)

평소에는 매우 친밀한 사이라 하더라도 이 세상을 떠나면 점점 서로의 정이 멀어짐을 의미한다.

◙車載斗量(거재두량)

물건을 수레에 싣고 말로 헤아린다는 뜻으로, 아주 흔해서 귀하지 않음을 의미. 한우충동(汗牛充棟)과 같은 의미.

◙擧族一致(거족일치)

온 겨레가 한 마음 한 뜻이 됨.

◙據虛博影(거허박영)

어찌할 수 없는 것. 즉 속수무책(束手無策).

◙乾坤一色(건곤일색)

하늘과 땅이 한 빛깔임.

◙乾坤一擲(건곤일척)

운명이나 흥망을 걸고 단판걸이로 승부나 성패를 겨룬다는 말. 유사한 말로 해하지탄(垓下之戰), 중원축녹(中原逐鹿)이 있다.

이 말은 한나라 건국시에 한·초의 싸움을 다룬 한유의 칠언절구 중에 나오는 싯귀 '……眞成一擲賭乾坤'에서 유래하였다.

이당시 중국 대륙에서는 천하의 패권을 놓고 항우와 유방이 서로 다투게 되었다. 그리하여 몇 해의 혈전을 벌였으나 결판이 나지 않아, 이들은 천하를 양분하여 다스리기로 하였다. 그러나 정치적 역량이 부족한 항우는 식량과 물자부족으로 고생을 하게 되었고, 이에 제후들은 유방으로 기울게 되니, 유방은 이 기회를 놓치지 않고 큰 싸움을 벌여 한나라를 건국하게 되었다는 것이다.

乞不並行(걸불병행)

요구하는 사람이 많으면 한 사람도 얻기 어렵다는 뜻으로, 무엇인가를 요구하거나 청할 때는 혼자서 가는 것이 최상이라는 것.

乞人憐天(걸인연천)

집없는 거지가 하늘을 불쌍히 여긴다는 의미.

乞骸骨(걸해골)

자기의 한 몸은 군주에게 바친 것이니 그 해골만이라도 자기에게 돌려주기를 바란다는 의미로, 늙은 신하가 사직을 임금에게 주청하는 것을 뜻함. 걸해(乞骸)라고도 함.

이는 초·한의 혈전시 유래한 말로, 궁지에 몰린 유방이 모사(謀士) 진평의 건의를 받아들여 의심이 많은 항우를 쓰러뜨릴 때의 일이다.

한번은 항우가 사자를 보내왔는데, 진평은 이를 진수성찬으로 대접하다가는 인사를 나누는 중에,

"아부(범증)의 사자인 줄 알았는데 초왕의 사자였군요."

하면서 진수성찬을 물리고는 아주 보잘것 없는 접대를 하여 돌려 보냈다. 이 보고를 들은 항우는 이에 속아 범증을 한과 내통한다 하여 멀리 하게 되었다. 그러자 범증은 항우의 마음이 자신에게서 떠난 줄을 알고는,

天下事大定矣, 君王自爲之, 願賜骸歸卒伍.

천하의 일은 대강 결정이 났으니 군주께서는 스스로 알아서 하십시오. 저는 해골을 받자와 한 병졸로 돌아가고자 합니다.

하고는 항우 곁을 떠났다 한다.

◙ 檢德鬼神 (검덕귀신)

몸이나 얼굴이 몹시 더러운 사람.

◙ 偈斧入淵 (게부입연)

도끼를 들고 물속에 들어간다는 말로써, 물건을 사용하되 전혀 쓸모없는 것을 지니고 있다는 뜻.

◙ 格物致知 (격물치지)

「대학」에는 명명덕(明明德), 신민(新民), 지어지선(止於至善)의 삼강령과 격물(格物), 치지(致知), 성의(誠意), 정심(正心), 수신(修身), 제가(齊家), 치국(治國), 평천하(平天下)의 팔조목이 있다.

여기에 전하는 격물지치란 사물의 이치를 연구하여 후천(後天)의 지식을 명확히 한다는 뜻이다. 그러나 양명학에서는 부정(不正)을 바로잡고 큰 지혜(良知)를 키우는 것이라 생각하므로써 주자의 주장에 반기를 들었다.

◙ 隔歲顔面 (격세안면)

해가 바뀌도록 오래 만나지 못한 친구.

◙ 隔世之感 (격세지감)

딴 세대와도 같이 몹시 달라진 느낌을 일컫는 말.

◙ 隔靴搔痕 (격화소양)

신을 신고 발바닥을 긁는다는 뜻으로, 마음으로는 애를 써서 하려 하나 실제 효과는 성에 차지 않는다는 뜻.

牽強附會(견강부회)

말을 억지로 끌어다 붙여 조건이나 이치에 맞도록 한다는 의미로, 곡학아세(曲學阿世), 지록위마(指鹿爲馬)와 유사한 말.

犬馬之勞(견마지로)

임금이나 나라에 충성을 다하는 노력을 일컫는 말로써, 자기의 애쓰고 진력(盡力)함을 낮추어 하는 말이다.

이와 유사한 숙어로는 견마지성(犬馬之誠), 진충보국(盡忠報國), 분골쇄신(粉骨碎身), 고굉지신(股肱之臣) 등이 있다.

見蚊拔劍(견문발검)

모기를 보고 칼을 뺀다는 말로, 곧 보잘 것 없는 조그만 일에 지나치게 큰 대책을 세움을 비유한 말.

見物生心(견물생심)

실물을 보면 욕심이 생긴다는 말.

結者解之(결자해지)

맺은 사람이 풀어야만 한다는 뜻으로, 자신이 저지른 일에 관하여는 자신 스스로가 해결해야 한다는 말.

結草報恩(결초보은)

죽어 혼령이 되어도 은혜를 잊지 않고 갚는다는 뜻.

중국 춘추 시대 진나라의 위무자의 아들 과가 아버지가 돌아가시자,

아버자의 혼미해진 정신 상태의 유언 '나의 사랑하는 첩을 반드시 순사(殉死)하게 하라'는 유언을 뿌리치고, 아버지의 첫번째 유언인 '나의 사랑하는 첩을 반드시 개가(改嫁)하게 하라'는 말씀에 따라 서모를 개가시켜 함께 죽지 않게 하였더니, 후에 과가 싸움터에 나가 싸울 때에 서모의 아버지(외할아버지에 해당함) 혼령이 적군의 앞길에 있는 풀을 잡아매

어 두회를 넘어뜨려 위과에게 사로 잡히게 하였다는 고사에서 유래된 말이다.

傾國之色(경국지색)

임금이 혹하여 국정을 게을리함으로써 나라를 위기에 빠뜨리게 할 만큼의 미인이라는 뜻. 즉 썩 뛰어난 미인을 일컫는 말로, 경성지색(傾城之色), 절세가인(絶世佳人), 화용월태(花容月態), 단순호치(丹脣皓齒), 월하가인(月下佳人)과 유사한 말이다.

耕當問奴(경당문노)

농사 일은 머슴에게 물어야 한다는 말로, 모르는 일은 잘 아는 전문가에게 물음이 옳다는 말.

敬而遠之(경이원지)

공경하기는 하되 가까이 하지 않는 것을 의미하는 말로, 경원(敬遠)이라고도 한다.

이는 춘추전국시대 공자와 그 제자 번지(樊遲)의 문답에서 유래한 말로, 번지가 공자에게 지(知)에 대해서 물었다. 공자는 말씀하시길, '백성의 의에 힘쓰고, 귀신을 공경하여 그를 멀리하는 것. 이를 이르러 지(知)라 할 수 있다.' 고 하였다.

樊遲問知. 子曰, 務民之義 敬鬼神而遠之. 可謂知矣.

이에 '敬鬼神而遠之' 에서 경(敬)과 원(遠)을 뽑아내어 한 낱말을 만든 것으로, '공경하면서 멀리한다' 는 말이 된다.

輕敵必敗(경적필패)

적을 업신여기면 반드시 패한다는 말.

◙ 經天緯地(경천위지)

온 천하를 경륜하여 다스린다는 말로 제세지재(濟世之才)와 유사한 말이다.

흔히 뛰어난 인물을 가르켜 경천 위지지재(經天緯地之才)라 함.

◙ 鷄口牛後(계구우후)

닭의 부리가 될지언정 소의 꼬리는 되지 말라는 뜻으로, 큰 단체의 꼴찌보다는 작은 단체의 우두머리가 되라는 의미.

◙ 鷄卵有骨(계란유골)

달걀에도 뼈가 있다는 말로써, 뜻밖에 생긴 일 때문에 모처럼 얻은 좋은 기회가 허사로 돌아감을 의미한다.

◙ 鷄肋(계륵)

조조(曹操)의 한중정벌시(漢中征伐時) 나온 고사로, '대저 닭의 갈비는 그것을 먹으면 얻는 바가 없지만, 버리기도 아깝다'는 말에서 유래하였다. 즉, 버릴 수도 없고 취할 수도 없는 경우를 뜻한다. 또는 몸이 몹시 연약함을 비유하기도 한다.

◙ 鷄鳴狗盜(계명구도)

행세하는 사람이 배워서는 아니될, 천한 기능을 가진 사람을 일컫는 말.

전국시대 제의 맹상군은 삼천식객(三千食客)을 거느렸는데 그가 소왕(昭王)의 초대를 받아 진을 방문했을 때의 이야기이다.

맹상군의 사람됨을 사랑한 소왕이 그를 진의 재상으로 임명하려 하자, 주위의 많은 신하들이 '맹상군은 제의 사람임으로 이 나라의 재상이 된다 하여도 제의 이익만을 도모할것이므로 죽여버림이 장차의 화를 면할 것입니다'라고 하였다. 이에 소왕은 그를 감금하기에 이르렀다.

맹상군은 사태의 심상치 않음을 깨닫고는 소왕의 총희에게 자신을 부탁하였는데, 총희는 호백구(狐白裘)를 요구하였다. 이것은 맹상군이 진에 왔을 때 소왕에게 바친 물건으로 다시는 구할 수가 없는 것이었다. 맹상군이 근심이 되어 걱정을 하자 식객 중 하나가 도둑질을 하여 맹상군을 도와 진에서 탈출을 하게 되었다. 그러나 함곡관에 이르렀을 때 관문이 열리지 않아 소왕의 무리에게 잡힐 위기를 다시 맞았다. 이에 식객 중 하나가 닭울음 소리를 내어 관문을 통과하여 위기를 모면했다는 고사에서 나온 말이다.

그러나 왕안석은 「독맹상군전(讀孟嘗君傳)」에서 맹상군이 제의 강한 힘을 손을 넣고 있으면서도 진을 제압할 수 없었던 것은 계명구도의 우두머리일 뿐, 그의 식객 중에는 인재 하나가 없던 까닭이라고 통렬히 비판하므로써, 지금은 '일기(一技)에 뛰어난 잡배(雜輩)'라는 말로 쓰이게 되었다.

膏粱珍味(고량진미)

살찐 고기와 좋은 음식. 이와 유사한 말로써는 산해진미(山海珍味), 주지육림(酒地肉林), 진수성찬(珍羞盛饌) 등이 있다.

高麗公事三日(고려공사삼일)

고려의 정책이나 법령이 사흘 간격으로 바뀌었었다는 데서 유래한 말이다. 곧 시작한 일이 오래 가지 못하고 자주 변경됨을 지적하는 말.

鼓腹擊壞(고복격양)

배를 두드리고, 땅을 치며 노래한다. 곧 의식(衣食)이 풍족하고 안락하여 태평세월을 즐기는 일을 상징하는 말.

천하를 통치하던 요임금이 하루는 자신의 정치가 잘 되고 있는지 의문이 생겨 미행을 하기로 하였다.

이에 거리를 지나는데 아이들의 노래 소리가 들려왔다.

立我烝民
莫匪爾極
不識不知
順帝之則

우리 백성들을 살게 하는 것은
그대의 지극함 아닌 것이 없네.
느끼지도 못하고 알지도 못하면서,
임금의 법에 따르고 있다.

요임금은 노래를 듣고 매우 흐뭇하여 다시 길을 재촉하는데, 한 노인이 길에 털썩 주저앉아 배를 두들기며, 또 때로는 땅을 치며 장단을 맞춰 노래하였다.

日出而作
日入而息
鑿井而飮
耕田而食
帝力何有於我哉

해가 뜨면 일하고,
해가 지면 쉬고,

우물 파서 마시고
밭을 갈아 먹으니,
임금의 덕이 내게 무슨 소용이 있으랴.

요는 자연의 대법칙처럼 인위적인 것이 보이지 않는 정치야말로 이상적인 정치임을 깨달았다고 한다.

◙ 孤城落日 (고성낙일)

원군이 오지 않는 외로운 성과 저무는 해. 즉 여명(餘命)이 얼마 남지 아니하였는데도 남의 도움을 받지 못하는 외로운 사정이나 형편을 일컫는 말.

◙ 姑息之計 (고식지계)

급한 대로 우선 편한 것만 취하는 일시적인 미봉책(彌縫策). 유사한 어휘로는 조삼모사(朝三暮四), 아랫돌 빼서 웃돌 괴기 등이 있다.

◙ 孤臣冤淚 (고신원루)

임금의 사랑을 잃은 외로운 신하의 원통한 눈물.

이항복(李恒福)의 시조

鐵嶺 노픈 峰에 쉬여 넘는 져 구룸아
孤臣冤淚를 비사마 띄여다가
님 계신 九重深處에 뿌려본들 엇떠리

이항복이 인목대비의 폐모론을 반대하다가 북청으로 유배될 적에 철령을 넘으면서 지은 이 시조에서 느끼듯이 임금의 은총을 잃은 서러움이 절절이 느껴지는 말이다.

◙ 孤掌難鳴 (고장난명)

두 손바닥을 마주치지 않으면 소리가 나지 않는다는 의미로써, ①서로 협력하지 않으면 일이 이루어지기 어렵다는 말. ②두 사람이 서로 같으니까 말다툼이나 싸움이 일어난다는 말.

◙ 苦盡甘來(고진감래)

쓴 것이 다하면 단 것이 온다는 뜻으로, 고생 끝에 즐거움이 온다는 말.

◙ 孤枕單衾(고침단금)

홀로 쓸쓸히 자는 여자의 이부자리를 일컫는 말.

◙ 古稀(고희)

두보(杜甫) 시의 인생칠십고래희(人生七十古來稀)에서 나온 말로, 일흔 살을 일컫는 말.

◙ 曲學阿世(곡학아세)

정도를 벗어난 왜곡(歪曲)된 학문으로 세상 사람에게 아첨하는 것을 이르는 말이다.

원고생은 전한 4대 경제(景帝) 때의 학자로 '시경(詩經)'에 밝다 하여 박사로 임명되었다. 그러나 당시는 노장사상이 큰 세력을 떨치던 때로, 하루는 경제의 어머니인 두태후가 원고생을 불러서 「노자」에 대한 의견을 물었다.

강직한 성격으로 자기가 옳다고 생각한 것은 조금도 숨김없이 말하는 원고생은 이렇게 말하였다.

"그와 같은 책은 천인의 말에 지나지 않습니다."

매우 화가 난 태후는 원고생을 산돼지 우리에 넣었다. 즉 물려 죽으라는 것이었다. 경제는 원고생이 바른 말을 했을 뿐 그에게 죄가 없음을 알고는 몰래 창을 주어 목숨을 유지하도록 하였다.

경제가 죽고 무제가 즉위하자, 원고생은 다시 관직에 나가게 되었다. 그때 공손홍도 관직에 나가게 되었는데 공손홍은 원고생을 꺼려 똑바로 쳐다보지도 못했다. 이에 원고생이 말하기를,

"공손씨, 올바른 학문에 힘써 말하도록 하시오. 학문을 굽혀 세상에 아첨해서는 안되오."

하였다 한다.

◙ 骨肉相殘(골육상잔)

뼈와 살이 서로 싸움.

가까운 친척이나 동족끼리 서로 싸우고 다투는 것을 칭하는 말로써 골육상쟁(骨肉相爭), 자중지란(自中之亂), 갈치가 갈치 꼬리 문다는 것과 서로 상통한다.

◙ 空中樓閣(공중누각)

공중에 세운 누각. 곧 사물의 기초가 견고하지 못함을 비유하는 말로, 사상누각(沙上樓閣), 허장성세(虛張聲勢), 빛 좋은 개살구, 이름 좋은 한울타리와 일맥 상통하는 말.

송나라 때의 과학자 심괄(沈括)의「몽계필담(夢溪筆談)」에 다음과 같은 기사가 실려 있다.

등주는 사면이 바다로 둘러싸여 늦봄과 여름이 되면 멀리 하늘가에 누각이 연이은 대가 보이는 수가 있다. 이곳 사람들은 이것을 해시(海市)라고 부른다.

뒤에 청나라의 적호(翟灝)는「통속편(通俗編)」에서 이를 인용한 다음에,

"지금 언행(言行)이 허황된 것을 일컬어서 공중누각(空中樓閣)이라 하는 것은 이 사실을 딴 비유이다."

라고 말했다.

◙ 瓜田不納履(과전불납리)

이말은 문선(文選)의 악부고제요해군자행(樂府古題要解君子行) 속에 나오는 말로,

君子防未然
不處嫌疑間
瓜田不納履
李下下正冠

군자는 재앙이 생기지 않도록 미연에 방지해야 하며, 혐의를 받을 곳에는 몸을 두지 말아야 한다. 외 밭을 걸을 때는 몸을 굽히어 신을 고쳐 신지 말며, 오얏 나무 아래에서는 손을 들어 갓을 고쳐 쓰지 않는다.

라 하여 남에게 의심을 살만한 일은 아예 처음부터 하지 말라는 뜻으로, '까마귀 날자 배 떨어진다'와 같은 의미.

◙ 冠省(관생)

편지나 소개장의 머리에 쓰는 말로, 일기나 문안을 생략한다는 뜻.

관략(冠略), 제례(除禮), 제번(除煩), 전략(前略) 등과 같다.

◙ 管鮑之交(관포지교)

관중(管仲)과 포숙(鮑叔)의 사이같이 썩 친한 친구의 사이를 가리키는 말로써 오늘날까지 널리 쓰이고 있다.

중국 춘추시대 제(齊)의 관중이,

"내가 처음에 곤궁할 때에 일찌기 포숙과 함께 장사를 하였는데, 재물과 이익을 나눔에 스스로 많이 가져도 포숙이 나를 탐한다 하지 않음은 내가 가난한 줄을 알고 있었기 때문이다. 내가 일찌기 포숙을 위하여 일을 도모하다가

다시 곤궁해졌으되 포숙이 나를 어리석다고 하지 않음은 시운에 따라 이롭고 이롭지 않은 것이 있는줄을 알기 때문이다. 내가 일찌기 세 번 벼슬길에 나갔다가 세 번 임금에게 쫓겨났으되 포숙이 나를 불초하다고 하지 않음은 내가 시운을 만나지 못한 줄을 알기 때문이다. 내가 일찌기 세 번 싸우다 세 번 달아났으되 포숙이 나를 겁장이라고하지 않음은 나에게 노모가 계심을 알기 때문이다. 공자 규(糾)가 패하였을 때, 소홀(召忽)은 죽었거늘 나는 잡혀 갇혀서 욕을 받았으되 포숙이 나를 부끄러움을 모르는 사람이라고 하지 않음은 내가 작은 절의를 부끄러워 하지 아니하고 공명을 천하에 나타내지 못함을 부끄러워하는 줄 알기 때문이다. 나를 낳은 이는 부모요, 나를 알아 준 이는 포숙이다."

라고 하였다 한다.

이와같이 매우 다정하고 허물없는 친구 사이를 이르는 말로, 문경지교(刎頸之交), 금란지교(金蘭之交), 단금지교(斷金之交), 막역지우(莫逆之友), 죽마고우(竹馬故友) 등이 있다.

◙ 刮目相對(괄목상대)

눈을 비비며 다시 본다는 것으로, 전에 만났을 때와는 딴판으로 학식이 부쩍 늘어서 딴 사람이 아닌가 하고 눈을 비비며 상대한다는 말. 즉 남의 학식이나 재주가 갑자기 느는 것을 말한다.

중국 삼국시대 오나라의 손권(孫權)의 부하 여몽(呂蒙)은 용맹하나 무식하여 장수 주유(周瑜)의 괄시를 받아왔는데, 주유가 죽자 손권이 여몽을 장수로 임명하고,

"경은 이제 나라의 중임을 맡았으니 마땅히 학식을 넓혀야 한다."

고 말했다. 이에 여몽이 글에 힘쓰니, 옛 선비가 따르지 못할 경지에 이르렀다. 노숙(魯肅)이 여몽의 학식에 놀라,

"非復吳下阿蒙(비부오하아몽 : 오나라 밑에 있던 여몽이 아니다.)"

라고 하자, 여몽이,

"士別三日即更刮目相待(사별삼일 즉갱괄목상대 : 선비가 헤어져 사흘이면, 곧 다시 눈을 비비고 주의하여 뒤의 결과를 기다려야 한다.)"

라고 대답했다.

여기서, '吳下阿蒙'은 '옛 그대로 변함없이 글을 모르는 사람'이란 뜻을, 그리고 '刮目相待'는 '눈을 비비고 주의하여 결과를 기다림'이란 뜻을 나타내게 되었다.

우리나라에서는 '待'자 대신 '對'자를 써서 '刮目相對'라 쓰고, '놀랄 정도로 진보한 데 경탄하여 눈을 비비고 다시봄'의 뜻으로 쓰고 있다.

矯角殺牛(교각살우)

뿔을 고치려다가 소를 죽인다는 말로, 결점이나 흠을 고치려다가 수단이 지나쳐 일을 망친다는 뜻. 이와 유사한 의미로 소탐대실(小貪大失), 빈대 잡다가 초가 삼간 태운다. 멧돼지 잡으러 갔다가 집돼지 잃는다 등이 있다.

巧言令色(교언영색)

남의 환심을 사기 위하여 아첨하는 교묘한 말과 보기 좋게 꾸미는 얼굴빛이란 뜻으로, 곡학아세(曲學阿世), 지당장관(至當長官), 아유구용(阿諛苟容)과 일맥 상통함.

◙ 教外別傳 (교외별전)

석존(釋尊)의 오도(悟道)를 언설교(言設教) 외에 석존이 마음으로써 따로 심원한 뜻을 전하여 준 일.

즉 마음으로써 서로 통하는 것을 지칭한다.

◙ 口蜜腹劍 (구밀복검)

입으로 하는 말은 꿀과 같으나 뱃속에는 칼을 지녔다는 말로, 겉으로는 말을 좋게 하고 속으로는 해칠 생각을 가진 음흉한 사람을 지칭함. 표리부동(表裏不同), 면종복배(面從腹背)와 같은 의미.

◙ 九死一生 (구사일생)

죽을 고비를 여러 차례 겪고 겨우 살아남을 이르는 말.

◙ 九牛一毛 (구우일모)

아홉 마리 소에서 뽑아낸 털 한 개란 말로, 썩 많은 가운데서 극히 적은 미미한 것을 일컫는 말. 유사한 의미의 숙어로는 창해일속(滄海一粟), 홍노점설(紅爐點雪), 해변에 모래알 등이 있다.

◙ 九折羊腸 (구절양장)

아홉 번이나 꺾인 양의 창자란 말로, 산길같이 꼬불꼬불하고 험한 것을 일컫는다. 즉, 세상살이나 앞길이 매우 험악한 것을 상징하는 말.

◙ 九重深處 (구중심처)

임금님이 계시는 궁궐을 가르키는 말로, 매우 깊숙한 곳을 말한다. 즉 구중궁궐(九重宮闕).

◙ 群鷄一鶴 (군계일학)

닭 무리 속에 끼어 있는 한 마리의 학이란 뜻으로, 범상한 여럿 중에서 홀로 뛰어난 사람을 가르키는 말이다. 계군일학

(鷄群一鶴)이라고도 하는데, 백미(白眉), 낭중지추(囊中之錐)와도 비슷한 말이다.

◙ 群雄割據(군웅할거)

뭇 영웅이 세력을 다투어 땅을 갈라 버틴다는 말로. 제 마음대로 위세를 부리는 것을 지칭한다.

◙ 君子三樂(군자삼락)

군자의 세가지 낙.

父母俱存하며 兄弟無故 一樂也오.

(부모가 다 생존해 있고 형제가 무고한 것이 그 첫째 즐거움이다.)

仰不愧於天하며 俯不怍於人二樂也오.

(우러러보아서 하늘에 부끄럽지 아니하고, 굽어보아서 사람에게 부끄럽지 않은 것이 그 둘째의 즐거움이다.)

得天下英才하여 而教育之三樂也니라.

(천하의 영재를 얻어서 그를 교육하는 것이 세째의 즐거움이다.)

「孟子」에 있는 三樂을 일컫는 말로, 맹자는 이글을 통하여 세인이 흔히 부러워하는 왕노릇 하는 것을 즐거움에서 제외시키고 위의 세가지 즐거움을 세가지 낙으로 제시하였다.

◙ 窮餘之策(궁여지책)

궁박한 끝에 나온 한가지 꾀를 지칭하는 말로, 궁여일책(窮餘一策)이라고도 한다.

◙ 權謀術數(권모술수)

권모와 술수. 목적을 위해서는 수단과 방법을 가리지 않고 인정이나 도덕도 없이 그때 그때의 형편에 따라 권세와 모략과 중상 등의 술책을 쓰는 것.

勸善懲惡(권선징악)

착한 행실을 권장하고 악한 행실을 징계한다는 의미.

捲土重來(권토중래)

한번 싸움에 진 사람이 다시 세력을 얻어 땅을 말아올릴 정도의 기세로 공격해 온다는 말. 즉, 한번 실패에 굴하지 않고 처음 뜻을 이루려고 노력하는 것을 지칭한다.

이와 유사한 숙어로는 와신상담(臥薪嘗膽), 칠전팔기(七顚八起) 등이 있다.

貴鵠賤鷄(귀곡천계)

따오귀를 귀하게 생각하고 닭을 천하게 여긴다는 말이니, 이는 가까운 것을 천히 여기고 먼 데 것을 귀히 여기는 인정(人情)을 꼬집은 말이다.

歸馬放牛(귀마방우)

전쟁에 쓰던 마소(馬牛)를 놓아 보낸다는 뜻이니, 이는 전쟁이 끝나고 평화스러운 시대가 도래하였음을 일컫는것이다.

龜背刮毛(귀배괄모)

거북이 등에서 털을 뜯는다는 뜻으로, 이는 될 수 없는 것을 턱없이 구함을 이르는 말이다.

隙駒光陰(극구광음)

달려가는 말을 문틈으로 보는 것과 같이 세월의 흐름이 빠르다는 말이다. 즉 인생이 덧없고 빠르다는 말.

克己復禮(극기복례)

사욕을 누르고 예의 범절을 좇는다는 말로, 이는 공자(孔子)의 핵심사상 중 하나이다.

近墨者黑(근묵자흑)

먹을 가까이 하면 검어진다는 말.

곧 나쁜 사람과 가까이 있으면 그 버릇에 젖기 쉽다는 말로,가까운 사람이나 환경이 영향을 미치는 것을 가르킨 말이다. 이와 유사한 숙어로 근주자적(近朱者赤)이 있다.

金科玉條(금과옥조)

금이나 옥과 같은 법조. 곧 아주 귀중한 법칙이나 규범.

金蘭之交(금난지교)

쇠보다도 굳고 난초의 향기와 같은 다정한 친구의 사이를 일컫는 말로, 견고한 벗 사이의 우정을 이른다.

錦上添花(금상첨화)

비단 위에 꽃을 더함.

이는 왕안석(王安石)의 칠언율시「즉사(即事)」에서 나온 말로, 좋은 것 위에 좋은 것을 더한다는 뜻이다. 설상가상(雪上加霜)과 반대의 뜻.

琴瑟之樂(금슬지락)

거문고와 비파.

이는「시경(詩經)」의 형제의 우애를 노래한 시에서 유래한 말로, 부부의 사이가 좋은 것을 일컫게 되었다.

錦衣夜行(금의야행)

비단 옷을 입고 밤에 나간다는 뜻.

아무 보람이 없는 행동을 지칭한다.

錦衣還鄕(금의환향)

비단 옷을 입고 고향에 돌아온다는 뜻으로, 객지에서 성공하여 제 고향에 돌아옴을 이르는 말.

金枝玉葉(금지옥엽)

임금의 집안이나 자손, 또는 귀여운 자손을 일컫는 말.

◎ 氣高萬丈 (기고만장)

일이 뜻대로 잘 될 때에 기꺼워하거나 또는 성을 낼 때에 그 기운이 펄펄 나는 일.

◎ 箕裘之業 (기구지업)

선대로부터 전하여 내려오는 사업.

◎ 起死回生 (기사회생)

중병으로 죽을 뻔하다가 도로 살아나 회복됨을 지칭하는 말.

이는 오왕 부차(夫差)와 월왕 구천(句踐) 사이의 일화에서 유래한 말로써, 월나라가 오왕 합려에게 부상을 입혔음에도 불구하고 부차는 이것을 용서하고 은혜를 베픈 것이 마치 죽은 사람을 되살리어 백골에 살을 붙인 것과 같다 하여, 큰 은혜를 베푸는 것을 의미하게 되었다.

◎ 奇想天外 (기상천외)

상식을 벗어난 아주 엉뚱한 생각.

◎ 杞憂 (기우)

기인지우(杞人之憂)의 준말로, 기나라 사람이 하늘이 무너져 내려 앉지 않을까 걱정했다는 고사에서 유래한 말. 즉 쓸데없는 군걱정을 지칭하는 말이다.

◎ 箕箒之妾 (기추지첩)

쓰레받이나 비를 가지고 청소하는 여자란 뜻으로, 남의 부인이 된 것을 낮추어 하는 말.

◎ 騎虎之勢 (기호지세)

호랑이를 타고 달리는 기세.

호랑이를 타고 달리면 호랑이가 지쳐 머물 때까지는 중도에서 내릴 수 없다는 것. 곧 이미 시작한 일이라 중도에서 그만 둘 수 없는 형세를 말한다.

이는 수 문제(文帝)의 황후 독고씨(獨狐氏)가 남편을 격려하는 뜻으로 쓴 '大事已然, 騎虎之勢, 不得下. 勉之. (대사는 이미 그러한 것이니, 호랑이를 올라탄 형세라 내릴 수도 없읍니다. 힘쓰기 바랍니다.)'
고 한데서 유래한 말이다.

奇貨可居(기화가거)

남의 불행을 이용해서 큰 이익을 남긴다는 말로, 한의 상인인 여불위가 진의 화양부인에게 5백금으로 산 진귀한 물건을 바쳐서 신임을 얻은 다음에 자초를 그의 후계자로 삼도록 함으로써 후에 진의 승상에 올라 부귀영화를 누렸다는 고사에서 유래한다.

吉祥善事(길상선사)

매우 길하고 상서로운 일.

落眉之厄(낙미지액)

눈썹에 떨어진 액. 즉, 갑자기 들이닥친 재앙이라는 뜻.

落花流水(낙화유수)

떨어지는 꽃과 흐르는 물.

낙화에 정이 있으면 유수 또한 정이 있어 그것을 띄워서 흐를 것이란 뜻으로, 정이 있어 서로 보고 싶어 하는 남녀의 관계를 일컫는다.

暖衣飽食(난의 포식)

따뜻한 옷을 입고 배불리 먹음. 즉 풍족한 생활을 말한다.

難中之難(난중지란)

어려운 가운데서도 어려움. 즉 몹시 어려운 일.

難兄難弟(난형난제)

누구를 형이라 해야 하는지 아우라 해야 하는지 구별하기 어렵다는 말. 즉 두 사람의 우열을 분간하기 어려움을 비유하는 말로써, 莫上莫下(막상막하), 伯仲之勢(백중지세)와 같은 뜻.

梁山君子(양산군자)의 고사로 널리 알려진 후한 말기의 진식이 한 번은 친구와 만나 어디를 가기로 약속한 일이 있었다. 그러나 시간이 지나도 친구가 나타나지 않자 혼자 외출을 하고 말았는데, 그 후에 친구가 나타나 밖에서 놀던 진식의 아들 진기에게 아버지가 계시냐고 묻자,

"오래 기다리시다가 먼저 나가셨읍니다."

라고 대답하자, 그 사람은 버럭 화를 내며,

"나와 약속을 해 놓고서 먼저 가다니 그럴 수 있는가?"

이에 진기가 말했다.

"손님께서는 우리 아버지와 정오에 만나기로 약속하셨다 들었읍니다. 손님께서 약속을 안 지키는 것은 신의를 저버리는 것이 아닙니까? 더군나 자식을 향해 그 아버지를 욕하는 것은 예의에 어긋나는 것이 아닙니까?"

이에 그 사람이 사과하기 위해 마차에서 내렸으나 진기는 문안으로 들어가 버렸다.

이 진기의 아들 진군도 수재였는데 그가 어렸을 때의 일이다.

진군이 사촌 진충과 아버지 자랑으로 누가 더 위대하냐고 논해보았으나 결론이 안났다. 그리하여 조부 진석에게 결정해 줄 것을 부탁하니 진석은,

"원방(元方)은 형 되기 어렵고, 계방(季方)은 아우되기 어렵지!"

하였다.

원방은 진기의 자요, 계방은 진심의 자이다.

5 南柯一夢(남가일몽)

이 말은 당나라때 이 공좌의 소설 「남가기」에서 나온 말로,

당나라때 순우분이라는 사람이 있었다.

그의 집 남쪽에는 천년 묵은 큰 느티나무가 있어서순우분이 술에 취하면 곧잘 그 고목 그늘에서 자는 버릇이 있었다.

이 날도, 그는 느티나무 남쪽 가지 밑에서 낮잠이 들었는데, 자줏빛 의복을 입은 관리들이 순우분의 앞에 나타났다.

"저희들은 괴안국 왕의 어명을 받고 영감을 모시러 왔읍니다."

이에 부시시 일어난 순우분은 그 관리들을 따라 느티나무 밑둥에 뚫린 구멍으로 들어갔다. 이렇듯 한참을 가다 보니 '대괴안국'이라는 현판이 걸려 있는 곳에 이르렀다.

순우분은 국왕이 시키는 대로 왕의 사위가 되고, 뜻밖에 찾아온 옛 고향 친구인 주변과 전자화 두 사람을 심복 부하로 삼고서는 남가 태수로써 20년간 지극한 영화를 누렸는데, 단라국이라는 이웃나라가 남가군 일대로 침략을 해왔다. 순우분은 최선을 다해 방어했으나 전쟁에서 크게 참패하고, 절친한 친구 주변이 등창으로 죽고, 아내가 급한 병으로 죽었다. 이에 그는 관직을 사퇴하고 상경을 하였는데, 그의 명성은 날로 높아져서 출입하는 각계각층의 사람들의 발길이 끊이지 않게 되자, 국왕까지 은근히 불안을 느끼게 되었다.

이런 때에 나라에 어려움이 생길 징조가 있음을 알리는 상소가 임금에게 상주되어, 국왕은 순우분에게 말하였다.

"자네도 고향을 떠나온 지가 오래되었으니 한 번 돌아가 봄이 어떻겠는가. 애들은 우리가 맡아 줄 것이며, 3년이지나거든 다시 맞이하러 사람을 보내리라."

이에 순우분은,

"저의 집은 여기입니다. 돌아가지 않겠읍니다."

그러자 국왕은,

"자네는 본래 속세의 사람이네. 여기는 자네의 고향이 아니네."

하는 것이었다. 이에 순우분이 깜짝 놀라 깨어보니, 순우분은 느티나무 아래에 누운 채였다.

그는 꿈의 장면들을 생각하며 느티나무 주위를 살펴보니 밑둥에 구멍이 있음을 보았다. 이에 그곳을 자세히 살펴보니, 성 모양을 한 개미집이 있고 개미들이 뒤엉켜 있는데, 그 한 가운데 유난히도 커다란 개미 두마리가 있는데 이들이 바로 괴안국의 임금 내외인 것이다. 그리고 다시 구멍을 따라 남쪽으로 뻗은 나뭇가지를 보니, 다시 굴이 하나 있는데 개미들이 우굴거렸다. 이곳이 그가 태수로 지내던 남가군성이었던 것이다.

그는 남가일몽의 덧없음을 깨닫고 이에 주색을 끊고 도술에 전념하게 되었다.

따라서 이 말은 덧없이 지나간 한 때의 헛된 부귀나 영화를 비유하는 말로, 일장춘몽(一場春夢), 취생몽사(醉生夢死), 한단지몽(邯鄲之夢)과 같은 말이다.

◙南橘北枳(남귤북지)

강남(江南)의 귤을 강북(江北)에 옮겨 심으면 탱자나무로 변한다는 말로, 사람은 사는 곳의 환경에 따라 선하게도 되고 악하게도 된다는 뜻.

◙南男北女(남남북녀)

우리 나라에서 남쪽 지방은 남자가 잘 생기고, 북쪽 지방은 여자가 이쁘다는 말.

◙南大門入納(남대문입납)

주소도 모르고 막연히 찾아나서는 상태나 또는 그런 편지를 일컫는 말.

◙ 男負女戴(남부여대)

남자는 지고 여자는 이고 감. 곧 가난한 사람들이 떠돌아다니며 사는 것을 말한다.

◙ 濫觴(남상)

술잔에 넘친다.

큰 강물도 근원은 잔을 잠글 만한 정도의 작은실개천에서 시작한다는 말로, 어떤 사물의 시작이나 근원을지칭하는 의미이다.

이 말은「순자」에 나오는 공자님에 관한 일화이다.

하루는 자로가 옷을 잘 차려 입고 공자님 앞에 나타나자, 공자님은 교만에 빠질 우려가 보이는 자로에게,

"양자강 물은 먼산에서 나오는데, 그 첫 수원 근처에서는 겨우 술잔을 띄울 만큼의 정도 밖에는 안된다. 그러나 하류의 나루에 오면, 물도 늘고 물살도 빨라지므로, 배를 늘어세우고 바람을 피하지 않고는 건너려 하지 않는다. 이것은 하류에 물이 많은 때문으로 사람들이 경계하는것이 아니겠느냐? 지금 너가 좋은 옷을 입고 와서 뽐내는데, 그런 꼴을 보면 아무도 너를 충고해 주지 않으리라."

했다 한다.

◙ 南田北畓(남전북답)

가지고 있는 논밭이 여기저기에 흩어져 있음을 일컫는 말.

◙ 男左女右(남좌여우)

음양설에서, 왼쪽은 양, 오른쪽은 음이라 하여 남자는 왼쪽, 여자는 오른쪽이 중하다는 말.

◙ 囊中之錐(낭중지추)

주머니 속의 송곳. 곧 재능이 뛰어난 사람은 숨어 있어도 자연히 드러나게 된다는 뜻.

◙ 內憂外患(내우외환)

나라 안팎의 근심 걱정.

◙ 內柔外剛(내유외강)

사실은 마음이 여리고 약하나, 밖으로 드러나는 태도는 강건하게 보임을 뜻하는 말로, 외유내강(外柔內剛)과 상대가 되는 숙어이다.

◙ 來者可追(내자가추)

이미 지난 과거의 일은 어찌 할 수 없으나, 장차의 일은 조심하여 과거와 같은 과실을 범하지 않고 잘 할 수 있다는 뜻.

◙ 內助之賢(내조지현)

내조란 안에서 돕는다는 뜻으로, 남편이 현숙한 아내의 도움을 받는다는 말.

◙ 老當益壯(노당익장)

늙었어도 더욱 기운이 씩씩하다는 뜻.

사람은 늙을수록 뜻을 더욱 굳게 해야 한다는 말로, 「후한서」에 나오는 말이다.

◙ 路柳墻花(노류장화)

누구든지 마음대로 꺾을 수 있는 길가의 버들과 담밑의 꽃이라는 뜻으로, 창부를 가르킨다. 이를 화류(花柳)라고도 한다.

◙ 老馬之智(노마지지)

사물은 각기 특징이 있음을 일컫는 말로, 이는 춘추시대

관중과 습붕이 환공을 따라 소국인 고죽국을 토벌할 당시의 이야기이다.

싸움이 시작된 때는 봄이었으나 싸움이 끝나고 돌아갈 때는 겨울이 되어 살을 에이는 혹한 속에서의 진군 행렬은 고생이 이만저만이 아니었다.

이런 혹한 속에서 군을 진군시키는 도중 환공의 군사들은 길을 잃고 헤매게 되었다. 이에 관중은 이렇게 말하였다.

"이럴 때에는 늙은 말이 본능적으로 길을 찾아낸다."

이에 한 마리의 늙은 말을 풀어놓고 그 뒤를 찾아가니 과연 제길을 찾아 병사들은 무사히 행군을 계속할 수가 있게 되었다.

또 험한 산중을 행군하고 있을때, 전군은 휴대하고 있던 물을 다 마셔버려 군사들이 목마름에 허덕이게 되었다. 그러자 습붕이,

"개미는 겨울이면 산의 남쪽에 집을 짓고 여름에는 그 북쪽에 집을 짓고 사는 것이므로, 개미집이 있으면 그 아래 여덟 자 되는 곳에 물이 있는 법이다."

라고 하였다.

이에 개미집을 찾아 그 아래를 파니 물이 용솟음쳐나왔다고 한다.

노마지기는 이 고사에서 유래한 말로 아무리 하찮은 사람이라도 각각 장점이 있다는 말이 된다.

怒蠅拔劍(노승발검)

파리를 보고 칼을 뺀다는 말로, 사소한 일에 화를 내는 것을 뜻한다.

綠陰芳草(녹음방초)

우거진 푸른 나무 그늘과 꽃다운 풀. 곧 여름의 자연 경치.

◙ 綠衣紅裳(녹의 홍상)

연두 저고리에 다홍치마. 즉 젊은 여자가 곱게 차린 모습을 가르킨다.

◙ 弄假成眞(농가성진)

장난삼아 한 것이 참으로 한 것과 같이 됨을 이르는 말.

◙ 弄瓦之喜(농와지희)

옛날 중국에서 딸을 낳으면 길쌈할 때 쓰는 벽돌을 장난감으로 주었다는 이야기에서 유래한 말로, 딸을 낳은 즐거움을 말한다.

◙ 弄璋之喜(농장지희)

옛날 중국에서 아들을 낳으면 구슬을 장난감으로 주었다는 것에서 유래한 말로,아들을 낳은 기쁨을 축하하는 숙어다.

◙ 累卵之勢(누란지세)

쌓아놓은 새알과 같은 형세. 즉 매우 위태위태한 형세를 이르는 말이다.

◙ 訥言敏行(눌언민행)

말하기는 쉬워도 행하기는 어려우므로 군자는 말을 먼저 내세우지 말고 행동을 민첩하게 해야 함을 이르는 말이다.

◙ 陵谷之變(능곡지변)

높은 언덕이 변하여 골짜기가 되고, 골짜기가 변하여 언덕이 된다는 말. 곧 세상 일의 극심한 변환을 이르는 말이다.

◙ 陵遲處斬(능지처참)

머리, 몸, 팔, 다리를 토막을 내는 극형. 즉,포락지형(炮烙之形)과 유사한 극형이다.

多岐亡羊(다기망양)

도망친 양을 뒤쫓던 사람이 여러 갈래의 길에서 양을 잃는다는 말로, 학문의 길이 너무 다방면으로 갈리어 진리를 얻기 어려움을 나타낸다. 또는 방침이 많아서 도리어 갈 바를 모르는 것을 뜻한다.

이 고사성어는「열자」설부편에 있는 이야기로, 양자의 옆집에서 양(羊)이 한 마리 도망쳤다. 그 옆집 사람들이 모두 나오고 양자의 집 하인까지 나가는 수선에 양자가 말했다.

"양 한 마리를 잃었는데 그렇게까지 여러 사람이 쫓아가느냐?"

옆집 사람이 말했다.

"갈림길이 많읍니다."

얼마후 사람들이 돌아왔기에 양자가,

"양은 붙잡았는가?"

하자,

"갈림길 속에 또 갈림길이 있어서 양이 간 곳을 알지 못하고 그냥 돌아왔읍니다."

고 했다. 양자는 그 말을 듣자, 아주 말문을 닫고 그 날 하루종일 웃음을 나타내지 않았다.

이에 양자의 제자들이,

"양은 대단치 않은 짐승입니다. 더구나 선생님의 것도 아닌데 왜 그리 울적해 하십니까?"

하고 물어 보았으나, 양자는 대답도 하지 않았다.

양자의 제자중 한 사람인 맹손양이 이 이야기를 심도자에게 전하자, 심도자는 맹손양과 함께 양자에게 나아가 물었다.

"옛날에 삼형제가 있었읍니다. 이들은 같은 스승 밑에서 인의(仁義)의 도를 배우고 돌아왔읍니다. 그 아버지가 삼형제를 불러놓고 '인의의 도는 무엇이냐' 고 묻자, 맏아들은 '내 몸을 소중히 하여 후세에 명성을 남기는 것입니다' 라고 대답하고, 둘째 아들은 '내 몸을 죽이여서 명성을 얻는 것입니다' 라고 대답하고, 막내 아들은 '내 몸과 명성을 함께 얻는 것입니다' 라고 대답했읍니다. 이 세가지의 대답은 다르지만 같은 유학에서 나온 것입니다. 선생님, 어느 것이 옳고 어느 것이 틀린 것입니까?"

이에 양자는 다음과 같이 대답하였다.

"옛날 황하가에서 살고 있던 어떤 사람은 헤험을 잘 쳐서 배를 조종하여 사람을 건네 주는 것을 업으로 삼아, 거기서 벌어들인 돈으로 많은 식구를 봉양하고 있었다. 따라서 그의 주위에는 제자노릇을 하는 사람이 많았는데, 오히려 가까운 사람들이 물에 빠져 죽었다고 한다. 그들은 수영을 배우러 온 사람들로 빠져 죽는 것을 배우고자 온 것이 아닌데, 돈을 버는 사람과 목숨을 잃는 사람과는 그 득실이 매우 다르다. 너희들은 누가 옳고 누가 나쁘다고 생각하는가?"

이 고사에서와 같이 목표는 한마리의 양이라 하더라도 갈림길로 빠져들어가서 쫓는다는 것은 결국 그 양을 놓치게 된다. 마찬가지로 학문의 길도 목표를 잊고 추구하는 방법은 아무런 쓸모가 없다는 것을 일깨워주는 말이다.

⑤ 多多益善(다다익선)

많으면 많을수록 더욱 좋다는 말로, 한고조와 한신 사이에 있던 문답에서 유래하였다.

한신은 진한 초기의 회음 사람으로 처음에는 항우 밑에서 집극랑이라는 조그마한 벼슬을 하고 있었다. 그러나 항우의 밑에서는 자기의 뜻을 펼 수 없음을 깨닫고는, 유방의 밑으로 들어가 한나라의 원수가 되었다.

그는 그의 재략을 운용하여 항우를 물리치고 유방으로 하여금 한나라의 첫째 황제가 되게 하였다.

하루는 황제와 한신이 여러 장수들의 위인과 능력에 대해서 이야기를 하게 되었다. 한고조가 한신에게,

"나는 대관절 어느 정도의 군대를 이끄는 장수라고 보는가?"

"글쎄요, 폐하께서는 그저 10만 정도의 군대면 되겠읍니다."

"그럴까, 그럼 그대는 어떠한가."

"저는 다다익선 입니다."

라고 태연히 대답했다. 이에 한고조는 한바탕 웃어젖히고는 다시 말하였다.

"다다익선이라고, 하하……, 그렇다면 그대는 어째서 10만의 장군에 불과한 나에게 꼼짝 못하고 있는가?"

"그것은 다른 이야기입니다. 황제께서는 10만을 거느릴 장군에 불과하지만, 장군의 장군이 되실 수 있는 분이십니다."

多情多感(다정다감)

생각과 느낌이 많음.

斷機之誡(단기지계)

학문을 중도에 그만둠을 경계하는 말.

중국 전국시대의 맹자 어머니는,

"네가 학문을 그만둔다는 것은, 내가 짜던 베를 중도에서 끊어버리는 것과 마찬가지이다. 군자란 모름지기 학문을 배우고 익혀 이름을 널리 날리고, 모르는 것을 물어서 앎을 넓혀야 하느니라."

란 면학에의 훈계에서 유래한 말이다.

單騎馳騁(단기치빙)

홀로 말을 타고 싸움터에서 부산하게 다님.

單刀直入(단도직입)

한 칼로 대적을 거침없이 쳐서 들어감. 즉 너절한 허두를 빼고 요점이나 본 문제를 곧바로 말함.

斷末磨(단말마)

말마는 인도에서 온 것으로 숨이 끊어질 때의 고통 또는 임종을 가르킴.

膽大心小(담대심소)

문장을 지을 때 배짱을 크게 갖되 주의는 세심해야 한다는 말.

◙ 堂狗風月(당구풍월)

서당개 삼년에 풍월한다. 아무리 무식한 사람이라도 그 부분에 함께 오래 있으면 그 영향을 입어 다소나마 알게 된다는 뜻.

◙ 當局者迷(당국자미)

직접 그 일을 맡아 보는 사람이 도리어 실정에 어둡다는 말.

◙ 黨同伐異(당동벌이)

옳고 그름을 가리지 않고, 서로 의견과 뜻이 같은 사람끼리는 뭉치고 그렇지 아니한 사람은 배척함을 이르는 말.

◙ 螳螂拒轍(당랑거철)

제 분수를 모르고 강적에게 반항한다는 뜻.

춘추시대 제나라의 국왕이 사냥차 행궁했을 때에 한 벌레가 수레바퀴를 밀고 있는 것을 보고 장공이 주위의 사람들에게 묻자, 한 군졸이 대답하기를,

"저것은 사마귀 라고 하는 것인데, 이 벌레는 나아갈 줄만 알지 아무리 저보다 강한 적이라도 뒤로 물러서거나 비킬 줄을 모릅니다."

하였다 한다.

◙ 螳螂在後(당랑재후)

눈앞의 욕심에만 눈이 어두워, 장차 입을 재화(災禍)를 알지 못한다는 말.

◙ 當來之職(당래지직)

신분에 알맞는 벼슬이나 직분, 또는 마땅히 차례에 올 벼슬이나 직분.

◙ 大喝一聲(대갈일성)

크게 한 번 소리침.

大驚失色(대경실색)

크게 놀라 얼굴빛이 변함.

大公至正(대공지정)

공변되고 극히 바름.

大公無私(대공무사)

조금도 사욕이 없이 공평하다는 뜻.

춘추시대 평공과 기황양 사이에서 유래한 말로, 평공이 기황양에게 인재를 천거해 줄 것을 부탁하자, 그는 원수라 하여 추호도 편견을 두지 않고 현장자리에 추천했고, 남의 군소리를 꺼리지 않고 자신의 아들을 법관으로 추천하였다 하여 나온 말이다.

大器晩成(대기만성)

큰 그릇을 만드는데 오랜 시간이 걸리듯이, 큰 인물은 오랜 공을 쌓아 늦게 이루어진다는 뜻.

大同小異(대동소이)

거의 같고 조금 다름. 즉 큰 차이가 없다는 뜻.

戴盆望天(대분망천)

동이를 이면 하늘을 바라볼 수 없고 하늘을 바라보면 동이를 일 수 없다는 말. 즉 두가지 일을 동시에 할 수 없다는 뜻.

大書特筆(대서특필)

특히 드러나게 큰 글씨로 씀.

戴星而往(대성이왕)

별을 이고 간다. 즉 날이 새기 전에 일찍 일어나 나간다는 말.

大聲痛哭(대성통곡)

큰 목소리로 슬피 욺.

◙ 大失所望(대실소망)

바라던 것이 아주 허사가 되어 크게 실망함.

◙ 大言壯談(대언장담)

제 주제에 당치 않은 말을 장담하여 지껄임.

◙ 大勇不忮(대용불기)

큰 용기를 가진 사람은 남을 해치지 아니한다는 말.

◙ 對牛彈琴(대우탄금)

소에게 거문고 소리를 들려준다는 말로, 어리석은 사람에게는 도리를 가르쳐 주어도 알아 듣지 못한다는 말.

◙ 大圓鏡智(대원경지)

사지(四智)의 하나.

둥근 거울에 만물의 그림자를 비추듯이 세상 만법을 비치는 지혜.

◙ 大義滅親(대의멸친)

국가의 대의를 위하여 부모 형제와의 사정(私情)을 끊는다는 말.

◙ 大義名分(대의명분)

사람으로써 마땅히 지켜야 할 의리와 직분.

◙ 大慈大悲(대자대비)

넓고 커서 가이없는 자비.

특히, 관음보살이 중생을 사랑하고 불쌍히 여기는 마음.

◙ 對敵幇助(대적방조)

적에 대하여 중립국이 방조하는 일.

◙ 大智女愚(대지여우)

대언군자의 행동은 공명정대 하고 잔 재주를 부리지 않는다는 말.

帶妻食肉(대처식육)

중이 아내를 거느리고 고기를 먹는 것을 말한다.

戴天之讐(대천지수)

하늘을 같이 일 수 없는 원수. 즉 이 세상에 같이 있을 수 없는 사이를 말한다.

大旱不渴(대한불갈)

아무리 가물어도 물이 마르지 않음.

跿跔科頭(도구과두)

투구를 벗고 뜀. 즉 용기있다는 말.

徒勞無功(도로무공)

헛되이 애만 쓰고 공을 들인 보람이 없다는 말.

이와 유사한 말로는 도로무익(徒勞無益)이 있다.

屠龍之技(도룡지기)

용을 잡는 재주. 곧 쓸데없는 재주를 이름.

塗抹詩書(도말시서)

어린아이의 별칭. 어린아이는 아무 거리낌 없이 중요한 책에 먹칠도 하고 줄을 그으므로 해서 유래한 별칭이다.

道謀是用(도모시용)

길 옆에 집을 짓는데 길가는 사람들을 붙잡고 어떻게 지으면 좋겠느냐고 상의하면 생각들이 모두 달라 집을 지을 수 없다는 말로, 어떠한 주견이 없이 남의 말만 따르면 일을 성사시킬 수 없다는 뜻.

道傍苦李(도방고리)

사람들에게 시달림을 받으며 길옆에 서있는 오얏나무. 곧 사람에게 버림 받는다는 뜻.

◙ 道不拾遺 (도불습유)

나라가 태평하고 풍속이 아름다워 백성들이 길가에 물건이 떨어져 있어도 주워가지 않는다는 말.

이 말은 옛날 중국 정나라의 자산(子産)의 치민(治民) 당시에 나온 말이다. 그가 5년 동안 정사를 다스리니 나라에 도둑이 사라지고 길에 물건이 떨어져도 주워가지 않고 복숭아와 대추가 거리에 뒤덮혀도 따는 사람이 없고 굶주리는 백성이 없게 되었다 한다.

◙ 徒費脣舌 (도비순설)

헛되이 입술과 혀만 수고스럽다는 말. 곧 부질없이 말만 하고 보람이 없다는 뜻.

도비심력(徒費心力)과 같다.

◙ 刀山劍水 (도산검수)

아주 험하고 위험한 것을 이름.

◙ 掉三寸舌 (도삼촌설)

세치 되는 혀를 두드린다는 말. 즉 웅변을 토함을 이른다.

◙ 桃園結義 (도원결의)

의형제를 맺음.

이 숙어의 유래는 후한 때 황건적의 난으로 만난 유비, 관우, 장비 사이에서의 이야기로, 이들이 복숭아 밭에서 검은 소와 흰 말과 지전을 준비하고 향을 사르며 의형제를 맺었다 한다.

◙ 道掌曰字 (도장왈자)

아무 일에나 나서서 잘난 체하는 사람.

◙ 途中下車 (도중하차)

목적지에 이르기도 전에 도중에 내림. 즉, 일을 도모하는 중에 그만두는 것을 말한다.

◙ 道聽塗說(도청도설)

길거리에 떠도는 뜬소문.

이 말은 춘추시대 애자와 모공 사이에 일어난 것인데, 모공이 애자에게 자꾸 사실을 확인하지도 않고 남의 얘기를 옮기기에 애자가,

"항간에 떠도는 말들을 어찌 그냥 들을 수 있나? 앞으로는 다시 그런 도청도설은 듣지도 말고 입밖에 내지도말게나!"

한데서 유래하였다.

◙ 塗炭之苦(도탄지고)

흙탕물과 숯불에 빠지는 괴로움. 즉 생활 형편이 몹시 곤란하고 고통스러운 모습.

◙ 獨立不羈(독립불기)

독립하여 어떤 것에도 매이지 않음.

◙ 獨不將軍(독불장군)

따돌림을 받는 외로운 사람, 또는 아무리 저 잘난체 하지만 혼자서는 아무일도 못한다는 말.

◙ 讀書亡羊(독서망양)

글을 읽다가 양을 잃었다는 말로, 마음이 다른 곳에 쏠림을 의미한다.

옛날에 장(臧)과 곡(穀) 두 사람이 양을 치고 있었는데, 함께 양을 잃어버렸다. 이에 장에게 묻기를,

"무엇을 하고 있었느냐."

하자. 장은,

"댓가지를 옆에 끼고 글을 읽었습니다."

하였다. 다시 곡에게 묻자,

"주사위 놀이를 하고 있었읍니다."

했다 한다.

따라서 다른 일에 정신을 뺏겨 중요한 일을 소홀히 하는 것을 비유하게 되었다.

讀書三到 (독서삼도)

독서하는 데는 눈으로 보고 입으로 읽고 마음으로 해득해야 된다는 뜻.

讀書三昧 (독서삼매)

오직 책 읽기에만 전념하는 것.

讀書三餘(독서삼여)

독서에 알맞는 세 여가. 곧 겨울·밤·비올 때를 일컫는 말.

讀書尚友 (독서상우)

책을 읽음으로써 옛날의 현인(賢人)들과 벗이 될 수 있다는 뜻.

突不燃不生煙 (돌불연불생연)

아니 땐 굴뚝에 연기날까? 곧 어떤 소문이든지 반드시 그런 소문이 날만한 원인이 있다는 뜻.

東家食西家宿 (동가식서가숙)

옛날 중국에서 한 여자가 밤낮 하는 말이 '富村인 東村에서 잘 차린 음식을 얻어먹고, 美男이 많은 서촌에서 잠을 자고 싶다'는 말에서 유래한 것으로, 떠돌이 생활을 가르킨다.

同價紅裳 (동가홍상)

같은 값이면 다홍치마.

'이왕이면 창덕궁'과 같은 의미.

◙ 同工異曲(동공이곡)

기술이나 재주는 같으나 곡이 다름. 곧 모든 기교는 훌륭하나 그 내용이 다르다는 말. 동공이체(同工異體).

◙ 同氣一身(동기일신)

동기간은 한 몸이란 뜻.

◙ 童男童女(동남동녀)

사내아이와 계집아이란 말로, 선남선녀(善男善女)라고도 한다.

◙ 東塗西抹(동도서말)

이리저리 간신히 꾸며댄다는 뜻.

◙ 東道主人(동도주인)

주인으로서 손님의 시중을 들거나 또는 길을 안내하는 사람을 일컫는 말.

◙ 棟梁之材(동량지재)

대들보가 될 만한 훌륭한 인재를 일컫는 말로, 이와 유사한 고사성어로는 제세지재(濟世之才), 경천위지지재(經天緯地之才) 등이 있다.

◙ 東問西答(동문서답)

동쪽에서 물으면 서쪽에서 대답한다는 말로, 물음에 대하여 엉뚱하게 대답함을 의미.

◙ 同病相憐(동병상련)

같은 처지에 있는 사람끼리 동정하고 돕는 것을 의미한다.

이 말은 옛날 중국에서 유래된 말로,

오자서는 초나라 사람으로 아버지와 형의 죽음을 보고 그 원수를 갚고자 오나라에 망명하여 광을 왕위에 오르게 함으로써 대부가 되었다. 이때 초로부터 또 한 명의 망명객이 있었는데, 그는 초의 재상 백주리의 아들 백비였다.

그는 자기의 부친이 비무기의 모함으로 죽자 오자서를 찾아온 것이다. 오자서는 그를 천거하여 대부로 기용되었다.

이때의 일이다. 오자서와 같은 대부인 피리가 물었다.

"당신은 백비를 한 번 본 것 뿐인데, 어찌 그리도 신용하십니까?"

그러자 오자서는,

"그것은 그가 나와 같은 원한을 품고 있기 때문입니다. '하상가(河上歌)'에도 있지 않습니까? '같은 병에는 서로 불쌍히 여겨, 한가지로 근심하고 서로 동정한다'고. 호마(胡馬)는 북쪽을 향해 불어오는 바람에 서고, 월조(越鳥)는 남쪽가지에 보금자리를 만든다고 했읍니다. 그러하니 어찌 힘을 안 쓰겠읍니까?"

그러나 오자서는 이당시 피리의 충고를 듣지 않고 있다가 후일에 백비의 중상 때문에 죽었다 한다.

◙ 東奔西走(동분서주)

이리저리 바쁘게 돌아다닌다는 말로 '치마에서 비파 소리가 난다'와 유사한 의미이다.

◙ 凍氷寒雪(동빙한설)

얼음이 얼고 눈보라가 치는 추위. 즉 북풍한설(北風寒雪).

◙ 同床異夢(동상이몽)

같은 잠자리에 서로 다른 꿈을 꿈. 곧 겉으로는 같이 행동하면서 속으로는 딴 생각을 가짐.

◙ 冬扇夏爐(동선하로)

겨울철의 부채와 여름철의 화로란 뜻으로, 때와 맞지 않는 쓸데없는 물건을 말한다.

同聲相應(동성상응)

같은 소리는 서로 대응한다는 뜻. 곧 같은 무리끼리 서로 통해 응함.

冬温夏凊(동온하청)

겨울엔 따뜻하게, 여름에는 서늘하게 한다는 뜻으로,부모를 섬기는 도리를 말한다.

童牛之梏(동우지곡)

송아지를 외양간에 동여맴과 같이 자유스럽지 못한 것을 이른다.

東征西伐(동정서벌)

여러나라를 이리저리 정벌함.

凍足放尿(동족방뇨)

언 발에 오줌누기란 뜻으로, 어떠한 사물이 한 때의 도움이 되나, 곧 그 효력이 없어질 뿐 아니라 더 악화된다는 말.

動輒見敗(동첩견패)

일을 하려고 움직이기만 하면 꼭 실패를 본다는 뜻.

東推西貸(동추서대)

여러 곳에서 빚짐.

杜門不出(두문불출)

문을 닫고 출입하지 않는다는 말, 즉 집안에만 있고 세상밖에 나가지 아니하는 것.

杜撰(두찬)

틀린 곳이 많고 전거(典據)가 정확하지 못한 저술.

이 말은 송나라 왕무의 저서인「야객총서」에서 유래한 말로, 송나라 시인에 두묵이라는 사람이 있었는데, 그의 시는 격식에 맞지 않는 곳이 많았다 한다. 그러므로 인해서 격식에 맞지 않는 것을 '두찬'이라 하게 되었다는 것이다.

◙ 頭寒足熱 (두한족열)

머리를 차게, 발을 덥게 하는 건강법의 한가지.

◙ 得隴望蜀 (득룡망촉)

사람의 욕심이 끝이 없다는 말.

후한의 광무제는 25년에 제위에 오른 인물로, 그가 군웅할거 시대에 잠팽에게 보낸 편지에서,

"사람의 욕심이란 자족할 줄을 모르는 것이어서, 농서를 얻고 보면 다시 촉을 바라보게 되는 모양이다. 그러나 장병들의 노고를 생각하면, 군대를 움직일 때마다 머리가 희어지는 느낌이 든다."

하였다 한다.

◙ 得魚忘筌 (득어망전)

이 말은 「장자」에 나오는,

'통발을 쓰는 것은 물고기를 잡기 위한 것이지만, 물고기를 잡고 나면 통발은 곧 잊고 만다…….'에서 유래한 것으로, 목적을 달성하고 나면 그 목적을 위하여 사용한 사물은 잊어버린다는 비유이다.

◙ 得一忘十 (득일망십)

한가지 일을 알면 다른 열가지 일을 잊어버린다는 말로, 기억력이 좋지 못함을 꼬집는 말이다.

◙ 得全全昌 (득전전창)

무릇 사람이 일을 꾀하는데 있어서 만전 지책을 쓰면 성공하여 창성하고, 그렇지 않으면 실패하여 망한다는 말.

◙ 登高自卑 (등고자비)

일을 시작하는데는 반드시 차례를 밟아야 한다는 말. 또는

지위가 높을수록 겸손해진다는 말이다.

登樓去梯(등루거제)

높은 누에 오르게 하여 놓고 오르고 나면 사다리를 치운다는 말이니, 이는 사람을 꾀어 어려운 곳에 빠지게 함을 일컫는 말이다.

登龍門(등용문)

이 말은 후한 말기 환제 때의 유래한 말로, 이당시 항상 정의를 수호하고 고결하게 지조를 지킨 이응이란 사람의 주위에서 선비들이 그의 지우(知遇)를 얻는 것을 '등용문'이라 일컬어 큰 영광으로 여겼다는 말에서 나왔다.

「이응전」의 주에 의하면,

'용문(龍門)은 황하(黃河) 상류에 있는 급류(急流)의 곳으로 보통의 고기는 도저히 거슬러 올라가지 못한다. 그래서 잉어가 거기에 올라가면 용이 된다'

는 것이다.

그리하여 '등용문'이란 심한 난관을 극복하여 영광을 차지하는 것을 이르는 말이 되었다.

燈下不明(등하불명)

가까운 곳 사정에 어둡다는 말로, 등잔 밑이 어둡다, 업은 아이 삼년 찾는다와 같은 뜻이다.

燈火可親(등화가친)

가을이 되어 서늘하면 밤에 등불을 가까이 하여 글읽기에 좋다는 뜻.

◙ 馬脚露出 (마각노출)

말의 다리가 드러남. 곧 숨기고 있던 꾀가 부지중에 드러나는 것.

◙ 磨拳擦掌 (마권찰장)

기운을 모아 돌진할 기회를 기다림.

◙ 馬頭出令 (마두출령)

갑작스레 내리는 명령.

◙ 磨斧爲針 (마부위침)

도끼를 갈아 바늘을 만든다는 말. 곧 아무리 어려운 일이라도 부단한 노력과 끈기와 인내로 나아가면 성공하고 만다는 뜻.

◙ 馬耳東風 (마이동풍)

말 귀에 봄바람. 즉 남의 말을 귀담아 듣지 않고 흘려 버림을 이르는 말.

마이동풍은 이백이 왕십이(王十二)로 부터 '추운 밤에 홀로 술잔을 기울이며 감회에 서린다'는 시를 받고 이에 답한

'왕십이의 추운 밤에 홀로 술잔을 드는 심사에 답하노라' 속에 나오는 한 구절이다.

世人聞此皆掉頭

세상 사람은 이것을 듣고도 다 고개를 젓는다.

有如東風射馬耳

마치 봄바람이 말의 귀를 스치는 것과 다름없네.

◙ 麻中之蓬(마중지봉)

삼 밭에 쑥.

좋은 환경이나 감화를 받으면 선량해진다는 말.

◙ 馬行處牛亦去(마행처우역거)

말가는 데 소도 간다. 곧 일정한 차이는 있을 수 있으나 한 사람이 하는 일이면 다른 사람도 노력만 하면 할 수 있다는 의미.

◙ 莫可奈何(막가내하)

어찌할 수 없음.

◙ 莫莫強兵(막막강병)

아주 막강한 군사. 막강지궁(莫強之弓).

◙ 莫上莫下(막상막하)

우열의 차가 없음.

◙ 莫嚴之地(막엄지지)

막엄한 곳. 즉 임금이 거처하는 곳이나 임금의 앞을 의미한다.

◙ 莫逆之間(막역지간)

벗으로써 허물이 없는 사이.

◙ 莫逆之友(막역지우)

서로 마음이 맞아 거스리는 일이 없이 사생(死生)과 존망

(存亡)을 같이 할 수 있는 친밀한 벗.

「장자」 대종사편에서 자사 · 자여 · 자리 · 자래의 네 명이 이야기한 가운데, '누가 능히 무(無)를 머리로 하고, 생(生)을 등으로 삼으며, 사(死)를 꽁무니로 삼는 자가 없겠는가? 그런 사람과 친구가 되었으면 좋겠다'
하며 네 사람이 마주보면서 웃었다는 데서 유래한다.

즉 마음에 거슬리는 것이 아무 것도 없는 친구의 사이를 일컫는다.

◙ 莫往莫來(막왕막래)

서로 왕래가 없음.

◙ 莫知東西(막지동서)

동서를 알지 못함.

◙ 莫此爲甚(막차위심)

더할 수 없이 몹시 심함.

◙ 萬頃滄波(만경창파)

한없이 넓고 넓은 바다.

◙ 萬頃打令(만경타령)

요긴한 일을 등한시함.

◙ 萬古不變(만고불변)

길이 변하지 않음.

◙ 萬古不朽(만고불후)

영원히 썩거나 없어지지 않음.

◙ 萬古絶談(만고절담)

만고에 유가 없을 만큼 훌륭하고 적절한 말.

◙ 萬古絶色(만고절색)

만고에 유가 없을 만큼 뛰어난 미인.

萬古絶唱(만고절창)
만고에 유가 없을 만큼 뛰어난 명창.

萬古風霜(만고풍상)
오래오래 겪어온 많은 고난.

萬口成碑(만구성비)
여러 사람이 칭찬한다는 것은 비를 세움과 같다는 말.

萬口一談(만구일담)
여러 사람의 의견이 일치함.

萬口稱讚(만구칭찬)
여러 사람이 한결같이 칭찬함.

萬鬼潛潛(만귀잠잠)
깊은 밤에 모든 것이 자는 것처럼 조용함. 만뢰구적(萬籟俱寂)과 유사한 의미.

萬年不敗(만년불패)
오래 되어도 절대로 오손되거나 패하지 않음.

萬年之宅(만년지택)
오래 가도록 튼튼하게 썩 잘 지은 집.

萬端改諭(만단개유)
여러가지로 타이름.

萬端說話(만단설화)
여러가지의 이야기.

萬端情懷(만단정회)
온갖 정서와 회포.

萬里同風(만리동풍)
천하가 통일되어 풍속이 같아짐.

萬里長書(만리장서)

아주 긴 글.

萬里長天(만리장천)

아주 높고 넓은 하늘. 구만리 장천.

萬里之任(만리지임)

먼 지방에 나가서 맡아 보는 임무.

萬萬不當(만만부당)

조금도 이치에 합당치 않고 얼토당토 않음. 천만부당.

滿面愁色(만면수색)

얼굴에 가득 찬 수심의 빛.

滿面喜色(만면희색)

얼굴 가득히 차 있는 기쁜 빛.

滿目愁慘(만목수참)

눈에 보이는 것이 다 시름겹고 참혹함.

萬無一失(만무일실)

실패한 적이 전혀 없음. 또 그럴 염녀조차 없음을 뜻하는 말.

萬鉢供養(만발공양)

많은 바리때에 밥을 수북히 담아 많은 사람에게 베푸는 공양.

萬病通治(만병통치)

약효가 여러가지 병을 고칠 수 있음.

萬不失一(만불실일)

조금도 틀림이 없음.

萬死無惜(만사무석)

죄가 너무도 무거워 용서할 여지가 없음. 곧 죽어도 아까울 것이 없음.

萬事無心(만사무심)

걱정이 생겨 모든 일에 손이 뜨고 경황이 없음.

萬事如意(만사여의)

모든 일이 뜻과 같이 됨을 이르는 말.

萬事瓦解(만사와해)

모든 일이 기왓장이 무너지는 것과 같이 됨을 이르는 말. 즉 한 가지 잘못으로 모든 일이 다 틀려버리는 것.

萬事亨通(만사형통)

모든 일이 뜻과 같이 되는 것.

萬事休矣(만사휴의)

더 손쓸 수단도 없이 모든 것이 헛되이 됨을 지칭하는 말.

이 말은「송사(宋史)」에 나오는 글로, 송대 고종희의 아들 고보육은 홀로 어버이의 사랑을 독차지 하였으므로 주위의 많은 사람들이 항시 그를 미워하였다. 그러나 고보육은 자기를 노려보는 사람이 있어도 자기를 얼러 주느라고 그러는 줄 알고 항상 방글방글 웃었다 한다. 그리하여 주위 사람들은 '萬事休矣' 라 하면서 탄식하였다 한다.

滿山遍野(만산편야)

산과 들에 가득히 덮여 있음. 즉 많다는 말.

萬世不忘(만세불망)

영원히 은덕을 잊지 아니함.

萬世不易(만세불역)

영원히 바뀌지 않는 것. 즉 영구불변의 의미.

萬垂雲鬟(만수운환)

구름같이 헝클어진 쪽진 머리.

晩時之歎(만시지탄)

기회를 놓친 탄식.

기회를 잃고 때가 지났음을 한탄하는 것. 이와 유사한 말로는 사후약방문(死後藥方文), 망양보뢰(亡羊補牢) 등이 있다.

晩食當肉(만식당육)

배가 고플 때 먹으면 맛이 있어 마치 고기를 먹는 것과 같다는 뜻. 즉 시장할 때의 음식은 무엇이든지 맛있다는 의미.

萬身瘡痍(만신창이)

온 몸이 흠집 투성이가 됨. 또는 아주 형편없게 엉망이 된다는 말.

滿室憂患(만실우환)

집안에 앓는 사람이 가득함.

萬牛難回(만우난회)

만 필의 소가 끌어도 돌리기 어렵다는 뜻으로, 고집이 매우 센 사람을 지칭한다.

萬人周知(만인주지)

많은 사람이 두루 앎.

萬丈紅塵(만장홍진)

만 발이나 되도록 하늘 높이 뻗쳐 오른 먼지, 또는 한없이 구차스럽고 속된 이 세상.

萬折必東(만절필동)

황하는 아무리 곡절이 많아도 필경에는 동쪽으로 흘러간다는 뜻으로, 충신의 절개는 꺾을 수 없다는 말.

萬紙長書(만지장서)

사연을 많이 적은 편지.

晩秋佳景(만추가경)

늦가을의 아름다운 풍경.

◙ 萬覇不聽(만패불청)

바둑에서 큰 패가 생겼을 때 상대방이 어떤 패를 쓰더라도 듣지 않음. 즉 아무리 집적거려도 듣지 않고 고집함을 이르는 말이다.

◙ 萬恒河沙(만항하사)

황하의 모래라는 뜻으로, 무한·무수한 것을 의미한다.

◙ 萬化方暢(만화방창)

따뜻한 봄날에 온갖 생물이 잘 자람.

◙ 萬彙群象(만휘군상)

여러가지의 일과 물건. 삼라만상(森羅萬象), 만물상(萬物象)이라고도 한다.

◙ 末大必折(말대필절)

나무의 가지가 커지면 반드시 부러진다는 뜻. 곧 변방의 힘이 세어지면 나라가 위태함을 지칭한다.

◙ 亡國之音(망국지음)

나라를 망칠 저속스럽고 잡스러운 음악을 일컫는 말로, 망국지성(亡國之聲)이라고도 한다.

이는「예기」에 전하는 은나라 주왕의 음악사 사연(師涓)의 죽은 혼이 허공을 헤매면서 주연하는 곡을 지칭한데서 유래하였다.

◙ 亡國之歎(망국지탄)

나라가 망한 것에 대한 한탄. 즉 망국지한(亡國之恨).

◙ 亡年之友(망년지우)

나이를 따지지 않고 재주와 학문으로만 사귀는 벗. 망년우(亡年友), 망년지교(亡年之交), 망년교(亡年交).

◙ 茫茫大海(망망대해)

한없이 넓고 큰 바다.

◙ 望梅止渴(망매지갈)

허망된 생각으로나마 스스로를 만족시킨다는 뜻.

◙ 望梅解渴(망매해갈)

목이 마른 병졸이 매과(梅果) 이야기를 듣고 입 안에 침이 생겨서 목마름을 풀었다는 고사에서 유래한 말.

◙ 茫無頭緖(망무두서)

정신이 아득하여 아무 두서가 없음을 의미하는 말.

◙ 茫無涯畔(망무애반)

아득히 넓고 멀어 끝이 없다는 뜻으로, 망무제애(茫無際涯), 일망무제 라고도 한다.

◙ 望門寡婦(망문과부)

정혼을 한 남자가 죽어서 시집도 가 보지 못한 과부. 즉 까막과부.

◙ 望門投食(망문투식)

노자가 떨어져 남의 집을 찾아가서 먹을 것을 달래 먹음.

◙ 罔赦之罪(망사지죄)

용서할 수 없을 만큼의 큰 죄.

◙ 忙食噎喉(망식열후)

급히 먹는 밥이 목이 멘다는 뜻으로, 너무 서두르면 일이 실패하게 된다는 말이다.

◙ 亡羊得牛(망양득우)

양을 잃고 소를 얻는다는 말이니, 작은 것을 잃고 큰 것을 획득하는 것을 이른다.

◙ 亡羊補牢(망양보뢰)

양 잃고 우리를 고친다는 뜻. 곧 일을 실패한 뒤에 뒤늦게 손을 쓴들 무슨 소용이 있겠느냐는 말로 유비무환의 정신을 깨우치고 있다.

亡羊之歎(망양지탄)

달아난 양을 쫓는데 갈림길이 많아서 잃어버리고 탄식한다는 뜻으로, 학문의 길이 다방면이어서 진리를 깨닫기가 어려움을 한탄함에 비유한 말.

望洋之歎(망양지탄)

힘이 미치지 못하여 하는 탄식.

妄言多謝(망언다사)

편지 등에서 자기의 글을 낮추어 겸손히 이를 때에 쓰는 말.

望雲之情(망운지정)

멀리 떠나온 자식이 부모를 그리는 마음.

罔有擇言(망유택언)

말이 모두 법에 맞아 골라 빼낼 것이 없음을 이르는 말.

忘恩負義(망은부의)

은혜를 잊고 의리를 져버린다는 의미.

亡子計齒(망자계치)

죽은 자식 나이 세기. 즉 이미 지나간 쓸데없는 일을 생각하며 애석히 여긴다는 뜻.

妄自尊大(망자존대)

종작없이 함부로 스스로 잘난 체함.

忙中有閑(망중유한)

바쁜 중에도 한가한 틈이 있음.

罔知所措(망지소조)

창황하여 어찌할 바를 모르고 허둥지둥함.

◙ 望塵莫及(망진막급)
남보다 훨씬 뒤떨어져 도저히 뒤쫓을 수가 없음을 의미함.

◙ 亡徵敗兆(망징패조)
망하고 패할 징조.

◙ 每多掣肘(매다철주)
항상 다른 사람의 일을 방해하고 간섭하는 것을 이르는 말.

◙ 埋頭沒身(매두몰신)
일에 파묻혀 헤어나지 못함. 또는 일에 덤벼 물러날 줄을 모르는 것을 의미함.

◙ 每事可堪(매사가감)
어떤 일이든지 해낼만 하다는 뜻.

◙ 每事不成(매사불성)
하는 일마다 실패한다는 뜻.

◙ 麥秀之嘆(맥수지탄)
기자가 은나라가 멸망한 후에도 보리만은 잘 자람을 보고 한탄했다는 고사에서 나온 말로, 고국의 멸망을 한탄한다는 뜻이다.

◙ 盲龜遇木(맹귀우목)
눈먼 거북이 우연히 뜬 나무를 만났다는 뜻으로, 어려운 판에 우연히 좋은 일을 당하게 됨을 이르는 말. 맹귀부목(盲龜浮木)이라고도 한다.

◙ 孟母三遷(맹모삼천)
어린이의 교육은 환경이 주는 영향이 크다는 것을 깨우쳐 주는 말.

맹자의 어머니가 맹자를 가르치기 위하여 처음에는 묘지 근처에, 두번째는 시장 근처에, 마지막에는 학교 근방으로 세번이나 이사를 했다는 고사에서 유래된 말.

盲人摸象(맹인모상)

눈먼 소경이 코끼리 만지는 것처럼 사물의 일부만을 보고 함부로 결론을 내리는 좁은 소견을 일컫는 말.

盲人眼疾(맹인안질)

있으나 없으나 아무 영향이 없다는 뜻.

盲者丹青(맹자단청)

소경이 단청 구경. 곧 사물을 감정할 능력이 없는 것을 이른다.

盲者直門(맹자직문)

소경이 정문을 바로 들어간다는 뜻으로, 우둔하고 미련한 사람이 우연히 요행수로 성공을 거두었을 때를 말한다.

面面相顧(면면상고)

서로 말없이 얼굴만 물끄러미 바라본다는 뜻.

面無人色(면무인색)

놀라거나 무서움에 질려 얼굴에 핏기가 없음을 이르는 말.

面上六甲(면상육갑)

얼굴만 보고 나이를 짐작함.

面如土色(면여토색)

몹시 놀라 얼굴빛이 흙빛과 같음. 면무인색(面無人色)이라고도 한다.

面張牛皮(면장우피)

얼굴에 쇠가죽을 발랐다는 뜻으로. 몹시 뻔뻔스러움을 지칭한다. 일명 철면피.

面從腹背(면종복배)

면전에서는 따르나 뱃속으로는 배반함. 곧 겉으로는 복종하는 체하면서 속으로는 반대함을 의미하는 말.

面從後言(면종후언)

보는 앞에서는 복종하는 체하면서 뒤에서는 비난함.

滅門之禍(멸문지화)

온 가문을 멸하는 큰 재앙.

滅罪生善(멸죄생선)

부처의 힘으로 현세의 죄장(罪障)을 소멸하고 후세의 선근(善根)을 도움.

明見萬里(명견만리)

먼뎃일이나 먼 앞일을 훤히 내다봄.

明鏡止水(명경지수)

거울과 같이 맑고 잔잔한 물로, 마음이 고요하고 깨끗한 것을 비유.

名過其實(명과기실)

헛이름만 나고 사실인즉 그만하지 못함.

名利兩全(명리양전)

명예와 재물을 한꺼번에 얻는다는 뜻.

明明白白(명명백백)

아주 똑똑하게 나타난 모양.

明眸皓齒(명모호치)

맑은 눈동자와 하얀 이란 뜻으로, 미인을 지칭한다.

名不虛傳(명불허전)

명성이 널리 퍼짐은 그만한 실상이 있어 퍼진다는 뜻. 곧 이름이 헛되이 전하여지는 것이 아니라는 말.

命世之才(명세지재)

세상을 건질만한 인재. 곧 맹자를 일컫는다.

名實相符(명실상부)
이름과 실상이 서로 들어 맞음.

命也福也(명야복야)
연거푸 생기는 행복.

明若觀火(명약관화)
불을 보는 것처럼 밝음. 곧 더 말할 나위 없이 명백함.

命緣義輕(명연의경)
의를 위해서는 목숨을 아까와 하지 않는다는 뜻.

命在頃刻(명재경각)
금방 목숨이 끊어질 지경에 이름.

名正言順(명정언순)
뜻이 바르고 말이 사리에 맞음.

名存實無(명존실무)
이름만 있고 실상이 없다는 뜻.

命卒之秋(명졸지추)
거의 죽게 된 때를 이르는 말.

明智的見(명지적견)
환하게 알고 적절히 봄.

明窓淨几(명창정궤)
밝은 창과 맑은 궤란 뜻으로, 방이 깨끗한 것을 이른다.

明哲保身(명철보신)
「시경」에 전하는 '旣明且哲 以保其身'에서 따온 말로, 총명하고 사리에 밝아 일을 잘 처리하여 몸을 보존한다는 뜻.

毛骨竦然(모골송연)
아주 끔찍한 일을 당하거나 볼 때에 머리털이 쭈뼛해진다는 말.

冒沒廉恥 (모몰염치)

염치 없는 줄을 알면서도 이를 무릅쓰고 함.

毛遂自薦 (모수자천)

제가 저를 추천하는 것을 이르는 말.

矛盾 (모순)

초나라에 창과 방패를 파는 사람이 있었다. 그는 방패를 팔 때는 '이 방패는 어떠한 창으로도 뚫을 수 없는 방패' 라고 하고, 창을 팔 때에는 '이 창은 어떠한 방패라도 뚫을 수 있는 창'이라고 하였다. 옆에 듣고 있던 사람이, '그러면 그 창으로 그 방패를 찌르면 어떻게 되느냐' 하고 묻자, 장수는 말문이 막혔다는 고사에서 유래한 말이다.

곧 말의 앞뒤가 서로 맞지 않는 것을 이른다.

暮夜無知 (모야무지)

이슥한 밤에 하는 일이라서 알 사람이 없다는 뜻. 곧 보고 듣는 사람이 없음을 지칭한다.

毛羽未成 (모우미성)

사람이 아직 어리다는 말로, 어린애를 일컫는 말이다.

冒雨翦韭 (모우전구)

비가 오는 중에도 불구하고 부추를 솎아 내객을 접대한다는 말로, 우정의 두터움을 이른다.

目不識丁 (목불식정)

낫 놓고 'ㄱ' 자도 모른다는 뜻으로 일자무식(一字無識)과 같은 말.

目不忍見 (목불인견)

눈으로 차마 볼 수 없음을 이르는 말.

木石肝腸 (목석간장)

나무와 돌과 같은 간장. 즉 아무런 감정도 없는 마음씨를 가르킨다.

木石不溥(목석불부)

나무에도 돌에도 붙일 데가 없다는 뜻으로, 의지할 곳이 없는 것을 비유한다.

目食耳視(목식이시)

실속보다 겉치장 하는 것을 이르는 말.

木人石心(목인석심)

의지가 굳어 어떤 유혹에도 마음이 흔들리지 않는다는 말로, 진나라때 하통은 재주가 뛰어났으되 명리에는 관심이 없음을 보고 친구인 가충이 '하통 그 녀석은 정말로 나무로 만든 사람에 돌로 만든 마음이야' 라고 하였다 한다.

目前之計(목전지계)

눈 앞에 보이는 한 때만을 생각하는 꾀, 즉 일시적인 꾀를 지칭한다.

沒頭沒尾(몰두몰미)

밑도 끝도 없음. 곧 무두무미(無頭無尾).

夢寐之間(몽매지간)

자는 동안, 또는 꿈을 꾸는 동안이란 말.

夢想不到(몽상부도)

꿈에도 생각할 수 없다는 뜻.

夢中相尋(몽중상심)

몹시 그리워하여 꿈속에서까지 찾는다는 말로, 매우 친밀함을 이른다.

夢中說夢(몽중설몽)

꿈속에서 꿈이야기를 하듯이 종잡을 수 없는 말을 함. 또는 그런 말.

夢中占夢(몽중점몽)

꿈속에서 꿈의 길흉을 점침.

妙技百出(묘기백출)

교묘한 기술과 재주가 여러가지 모양으로 나옴.

猫頭懸鈴(묘두현령)

고양이 목에 방울 달기. 곧 실행할 수 없는 헛된 공론을 지칭한다.

眇視跛履(묘시파리)

애꾸가 환히 보려 하고 절름발이가 먼 길을 걸으려 한다는 뜻으로, 분수에 맞지 않은 일을 하면 오히려 화가 미친다는 의미이다.

無可奈何(무가나하)

어찌할 수 없이 됨. 곧 막가내하와 같은 뜻.

無告之民(무고지민)

어디다 호소할 데가 없는 백성. 또는 의지할 데 없는 늙은이나 어린이.

無骨好人(무골호인)

뼈없이 좋은 사람, 즉 아주 순하여 남의 비위에 두루두루 맞는 사람이란 뜻.

無愧於心(무괴어심)

언행이 공명정대하여 마음에 아무런 부끄럼이 없는 것.

無根之説(무근지설)

근거가 없는 낭설.

無男獨女(무남독녀)

아들 없는 집안의 외딸.

◙無念無想(무념무상)

무아(無我)의 경지에 이르러 일체의 상념을 떠나 마음이 빈 듯이 담담한 상태. 삼매경(三昧境), 명경지수(明鏡止水), 물심일여(物心一如), 물아일체(物我一體)와 같은 뜻.

◙武斷鄕曲(무단향곡)

시골에서 세력 있는 사람들이 백성들을 억누르는 것을 이르는 말.

◙武陵桃源(무릉도원)

도연명이 지은「도화원기」에서 나오는 말로, 신선이 살았다는 전설적인 중국의 명승지. 즉, 이 세상과 따로 떨어진 별천지를 이르는 말이다.

◙無物不成(무물불성)

돈 없이는 아무 일도 이루어지지 않는다는 뜻.

◙無病長壽(무병장수)

병 없이 오래오래 사는 것.

◙無本大商(무본대상)

자본 없이 하는 큰 장수란 뜻으로, 도둑을 비꼬는 말.

◙無父無君(무부무군)

덜 된 사람이 어버이에게 불효하고 임금에게 불충한다는 말.

◙無不干涉(무불간섭)

관계 있는 일에나 없는 일에나 덮어놓고 나서서 간섭하지 않는 일이 없다는 뜻.

◙無比一色(무비일색)

비길 데 없이 뛰어난 미인. 즉 천하일색.

◙無辭可答(무사가답)

사리가 떳떳하여 감히 항변할 말이 없음.

무 無師獨學 (무사독학)

스승이 없이 혼자서 공부함.

무 無思無慮 (무사무려)

아무런 생각도 근심도 없음.

무 無師自通 (무사자통)

일정한 스승이 없이 스스로 깨우침.

무 巫山之夢 (무산지몽)

아침에는 구름, 저녁에는 비가 되어 나타나 그리워 한다는 고사에서 유래한 말로, 남녀 사이의 깊은 애정을 지칭한다.

무 無常出入 (무상출입)

아무때나 거리끼지 않고 마음대로 드나드는 것.

무 無所不至 (무소부지)

이르지 않은 곳이 없음. 곧 무엇이든지 알지 못하는 것이 없이 죄다 안다는 뜻.

무 無用之物 (무용지물)

쓸데 없는 물건.

무 無爲徒食 (무위도식)

아무 하는 일 없이 한갓 먹고 놀기만 함.

무 無爲無事 (무위무사)

아무 하는 일이 없으니 탈도 없다는 뜻.

무 無爲而化 (무위이화)

「노자」에 전하는 '나는 아무것도 함이 없이 백성들 스스로 교화되고, 나는 고요함을 즐기고 있건만 백성들 스스로 올바르게 되고, 나는 별다른 시책도 베풀지 않건만 백성들 스스로 부자가 되고, 나는 바라는 바 없건만 백성들 스스로 순박해진다는 데서 유래한 말로, 곧, 인위적인 것을버리고 힘들여 하지 않아도 저절로 변하여 잘 되는 것을 이른다.

撫育之恩 (무육지은)

어루만져 길러준 은혜.

無義無信 (무의무신)

의리와 신용이 없음.

無依無托 (무의무탁)

의지하고 의탁할 곳이 없음을 이르는 말.

無人窮途 (무인궁도)

사람이 없고 가기 힘드는 길.

無人不知 (무인부지)

소문이 자자하여 모르는 사람이 없다는 뜻.

無人之境 (무인지경)

사람이라고는 전혀 살지 않는 곳.

無一可觀 (무일가관)

족히 볼 만한 곳이 한 곳도 없다는 뜻.

無日忘之 (무일망지)

하루도 잊지 않음.

無一不成 (무일불성)

이루지 못할 일이 하나도 없다는 뜻.

無腸公子 (무장공자)

창자가 없다는 뜻에서 게를 가르키는 말. 또는 기력(氣力) 없는 사람을 지칭한다.

無將之卒 (무장지졸)

장수가 없는 군사. 곧 이끌어 주는 지도자가 없는 단체를 지칭한다.

無足可責 (무족가책)

사람의 됨됨이가 가히 책망할 가치도 없음을 뜻한다.

無中生有 (무중생유)

없는 일을 억지로 만들어 내는 것.

無知莫知 (무지막지)

매우 무지하고 우악스러움.

無下箸處 (무하저처)

젓가락을 댈 곳이 없다는 뜻. 즉 먹을 만한 음식이 없는 것을 이른다.

無何有鄕 (무하유향)

아무 것도 없는 적막하고 무변무애의 세계.

無後爲大 (무후위대)

불효 중에 가장 큰, 후손이 없는 것을 이른다.

默默不答 (묵묵부답)

잠자코 대답이 없음.

刎頸之交 (문경지교)

죽고 살기를 같이 하여 목이 떨어져도 두려워 하지 않을 만큼 절친한 사귐을 이르는 말.

중국 초나라때 인상여와 염파라는 사람이 서로 목숨까지 걸고 사귀었다는 고사에서 유래한 말.

文過其實 (문과기실)

겉을 꾸미는 것이 자기 신분에 지나치다는 뜻.

文過遂非 (문과수비)

그릇된 허물을 숨기고 뉘우치지 않는다는 뜻.

文房四友 (문방사우)

종이 · 붓·먹·벼루의 네 문방구.

◙門外漢(문외한)

어떤 일에 직접 관계가 없는 사람, 또는 그 일에 전문가가 아닌 사람.

◙聞一知十(문일지십)

한 가지를 들으면 열 가지를 미루어 안다는 뜻.

◙門前乞食(문전걸식)

이집 저집 돌아다니며 빌어 먹음.

◙門前成市(문전성시)

권세가 드날리거나 부자가 되어 집 문앞이 방문객으로 저자를 이룬다는 뜻.

◙門前沃畓(문전옥답)

집 앞에 있는 기름진 논. 곧 많은 재산을 뜻함.

◙物各有主(물각유주)

무슨 물건이나 그 물건을 지닐 사람은 따로 정해져 있다는 뜻.

◙勿揀赦前(물간사전)

은사(恩赦)의 혜택을 입지 못한 죄.

◙勿輕小事(물경소사)

작은 일이라도 경솔하게 처리하지 말라는 뜻.

◙物極則反(물극즉반)

만물의 변화란 그 변화가 극에 달하면 다시 원상 복귀한다는 뜻.

◙物我一體(물아일체)

주관과 객관이 혼연히 한 덩어리가 됨. 또는 나와 남의 구별이 없다는 뜻.

物外閑人(물외한인)

세상 물정에 관심이 없이 한가로이 자연 속에서 노니는 사람.

物有本末(물유본말)

물건에는 근본과 끝이 있다는 뜻.

尾大難掉(미대난도)

꼬리가 커서 흔들기가 어렵다는 뜻. 즉 일의 끝이 크게 벌어져서 처리하기가 힘든 것을 이른다.

尾生之信(미생지신)

신의가 두텁다는 뜻. 또는 우직하다는 뜻으로 쓰인다.

노나라 미생(尾生)이란 사람이 한 여자와 다리 밑에서 만나기로 기약하였는데, 때가 지나도록 여자는 오지 않았다. 그러는 동안 장마로 물이 부는데도 미생은 떠나지 않고 있다가 기둥을 끌어 안고 죽었다는 고사에서 유래한 말.

美成在久(미성재구)

훌륭한 일은 오래 가야 이루어진다는 의미.

微小妄想(미소망상)

자기 자신을 과소 평가하는 망상.

靡室靡家(미실미가)

가난하고 집이 없어 거처할 곳이 없다는 뜻.

未爲不可(미위불가)

옳지 않다고 할 것이 없음.

美風良俗(미풍양속)

아름답고 좋은 풍경.

民間疾苦(민간질고)

정치의 부패나 변동으로 말미암아 받는 백성의 괴로움.

博施濟衆 (박시 제중)

널리 은혜를 베풀어서 뭇사람을 구제한다는 뜻

博而不精(박이부정)

여러 방면으로 널리 아나 정통하지 못함.

拍掌大笑 (박장대소)

손뼉을 치며 크게 웃음.

薄志弱行(박지약행)

의지가 약하여 어려운 일에 견디지 못한다는 뜻.

薄之又薄 (박지우박)

아주 박함.

縛之打之 (박지타지)

몸을 묶어 놓고 때림.

博學篤志(박학독지)

널리 공부하려고 뜻을 굳건히 한다는 뜻.

盤溪曲徑(반계곡경)

일을 순리대로 하지 않고 억지로 하는 것을 이르는 말.

◙盤根錯節(반근착절)

서린 뿌리와 엉클어진 마디라는 뜻.

엉크러져 매우 처리하기 어려운 사건. 또는 세력이 단단하여 흔들리지 않는 일을 지칭한다.

◙半途而廢(반도이폐)

일을 하다가 중도에서 그만두는 것을 뜻한다.

동한(東漢) 때 낙양자(樂羊子)라는 사람이 있었는데, 그가 공부하던 도중에 집으로 돌아오자, 그 아내가 짜고 있던 베를 잘라 낙양자를 깨우쳤다는 고사에서 유래한 말.

◙半面之分(반면지분)

일면지분도 못되는 교분. 곧 교제가 두텁지 못한 것을 이른다.

◙反目嫉視(반목질시)

눈을 흘기면서 밉게 봄.

◙班門弄斧(반문농부)

실력도 없으면서 함부로 덤빈다는 뜻.

노나라에 반이라는 목수는 기술이 뛰어나 당대에 명성을 떨쳤다. 그런데 한 젊은 목수가 조그만 재주를 가지고는 그 집 문앞에서 허풍을 떨기에, 지나가던 사람이 '이 집이 바로 그 유명한 목수 노반의 집이오. 그의 수예품이야말로 당대의 걸작이요. 한 번 들어가 참관해 보시오.' 했다는 고사에서 유래한 말이다.

◙斑駁之嘆(반박지탄)

편파적이고 불공평한 것에 대한 한탄.

◙叛服無常(반복무상)

배반했다 복종했다 하여 그 태도가 늘 일정하지가 않다는 뜻.

◙ 反覆無常 (반복무상)

언행을 이랬다 저랬다 하여 종잡을 수 없음. 이런 사람을 반복소인(反覆小人)이라 한다.

◙ 半生半死 (반생반사)

거의 죽게 되어서 죽을는지 살는지 알 수 없는 지경에 이름.

◙ 半僧半俗 (반승반속)

반은 중, 반은 속인이란 뜻으로, 사물이 이것도 아니고 저것도 아닌 뚜렷한 명목을 붙이기 어려울 때 쓰는 말.

◙ 半睡半醒 (반수반성)

자는 둥 마는 둥 하게 아주 얕은 잠을 자는 것을 이름.

◙ 半首拔舍 (반수발사)

머리는 헝클어지고 옷은 헤어진 초라한 모습으로 밖에서 잔다는 뜻.

◙ 伴食宰相 (반식재상)

당나라때 노회신이 자기의 재능이 요숭에게 미치지 못함을 깨닫고는 항상 요숭을 앞세워 정치를 하였다는 고사에서 유래한 말로, 재능이 없는 사람이 유능한 사람 옆에서 일을 처리하는 것을 이른다.

◙ 半信半疑 (반신반의)

반쯤은 믿고 반쯤은 의심한다는 뜻.

◙ 斑衣之戱 (반의지희)

늙은 부모를 위로하려고 색동 저고리를 입고 기어가 보였다는 고사에서 유래한 말로, 늙어서 효도하는 것을 이른다.

◙ 半字不成 (반자불성)

글자를 쓰다가 다 쓰지 못하고 그만 둔다는 뜻으로, 무슨 일이든지 시작하면 끝까지 해야지 하다가 중단하면 아무것도 안된다는 뜻.

◙半子之名(반자지명)

아들과 같다는 뜻으로, 사위를 일컫는다.

◙半醉半醒(반취반성)

술이 깬 듯 만 듯한 상태를 이름.

◙反哺之孝(반포지효)

까마귀가 자라서 늙은 어미에게 먹이를 물어다 준다는 말로, 자식이 커서 부모를 봉양하는 효도를 말한다.

◙拔本塞源(발본색원)

나무의 뿌리를 뽑고 물의 근원을 막는다는 뜻. 곧 폐단의 근본을 아주 뽑아서 없애버린다는 말.

◙發憤忘食(발분망식)

발분하여 끼니를 잊음.

◙旁岐曲徑(방기곡경)

꾸불꾸불한 길. 곧 공명정대한 방법을 떠나서 옳지 못한 길로 들어 일을 한다는 뜻.

◙傍若無人(방약무인)

좌우에 사람이 없는 것 같이 언어와 행동이 기탄없는 것을 말한다.

위나라 때 형가(荊軻)가 술에 취하여 고점리와 화답하여 즐기다가 마침내는 서로 껴안고 울기를 주위에 사람이 없는 것 처럼 하였다 하여 유래한 말이다.

◙放言高論(방언고론)

거침없이 큰 소리함.

◙房外犯色(방외범색)

처 이외의 여자를 범하는 것.

◙方長不折(방장부절)

한창 자라는 초목을 꺾지 않는다는 뜻. 곧 장래성이 있는 사람이나 사업에 대해 헤살을 놓지 않는다는 뜻.

◙方底圓蓋(방저원개)

네모진 밑바닥에 둥근 뚜껑을 덮는다는 뜻으로, 사물이 서로 맞지 않음을 일컫는 말.

◙蚌鷸之爭(방휼지쟁)

조개와 황새가 서로 싸우다가 어부에게 붙잡혔다는 말로, 둘이서 버티고 싸우다가 제 3 자에게 이익을 뺏김을 비유한 말. 유사어로는 어부지리(漁夫之利), 자승자박(自繩自縛), 남의 다리 긁는 격 등이 있다.

◙排闥直入(배달직입)

주인 승낙 없이 문 안으로 쑥 들어감.

◙背水之陣(배수지진)

위태함을 무릅쓰고 필사적으로 모든 힘을 다하여 성패를 다투는 경우를 비유하는 말.

이는 한나라때 한신이 조와 싸울때 물을 등에 지고 싸워 이겼다는 데서 유래한 말이다.

◙百年佳約(백년가약)

젊은 남녀가 결혼하여 한평생을 아름답게 지내자는 언약.

◙百年河清(백년하청)

중국의 황하가 항상 흐리어 맑을 때가 없다는 말로, 아무리 세월이 가도 일이 이루워지기 어려움을 이름.

◙白年偕老(백년해로)

부부가 화락하여 함께 늙음을 지칭한다.

百代之親(백대지친)

오래 전부터 친하게 지내오던 친분.

百伶百俐(백령백리)

여러 가지 일에 민첩함. 모든 일에 영리함.

百里負米(백리부미)

빈한하면서도 부모에게 효도하는 것을 뜻함.

白面書生(백면서생)

글만 읽고 세상 일에 경험이 없는 사람.

송나라 문제가 북위를 토벌할 즈음에 귀족들에게 찬동을 얻으려 하자, 심경지가 '적군을 치려 하면서 백면서생(白面書生)들에게 일을 도모하면 어찌 성공하겠읍니까?' 하며 문제와 귀족들을 꾸짖었다는 데서 유래한 말로, 얼굴이 하얀 선비를 말한다.

百無所成(백무소성)

일마다 하나도 성취되지 않음.

百無一失(백무일실)

일마다 틀린 것이 하나도 없음.

百無一取(백무일취)

많은 말과 행동 중에 취할 것이 하나도 없다는 뜻.

百聞而不如一見(백문이불여일견)

백 번 듣는 것이 한 번 보는 것만 못하다는 뜻으로, 무엇이든지 실지로 경험해야 확실히 안다는 뜻.

한의 선제때 티베트 계통의 유목민이 반란을 일으켰다.

이때에 이 반란군을 토벌한 지휘관으로 선별된 사람이 조충국으로 그때의 나이가 70을 넘었다. 이에 선제가 물었다.

"장군은 반란군을 평정하기 위해 어떤 계략을 지니고 있는가? 그리고 병력은 얼마나 필요한가?"

그러자, 조충국이 대답했다.

"백문이 불여일견입니다."

라고 한데서 유래하였다.

◙白眉(백미)

여럿 가운데 가장 뛰어난 사람을 일컫는 말.

중국 촉한의 마량(馬良)은 5형제가 수재여서 '마씨(馬氏)의 오상(五常)'이라 불리웠는데, 그 중에서도 량이 가장 뛰어났었다. 특히 량은 눈썹 속에 흰털이 나 있었으므로, 이런 고사에 연유하여 생긴 말이다.

◙百發百中(백발백중)

총·활 등이 겨눈 곳에 꼭꼭 맞음. 곧 앞서 생각한 일들이 꼭꼭 들어맞는 것을 뜻한다.

◙百拜謝罪(백배사죄)

수없이 절을 하며 자신이 지은 죄에 대해 용서를 빎.

◙百不猶人(백불유인)

모두가 남만 같지 못함.

◙百事大吉(백사대길)

모든 일이 길함.

◙百手乾達(백수건달)

아무 것도 없는 멀쩡한 건달.

◙白首北面(백수북면)

재덕이 없는 사람은 늙어서도 북쪽을 향하여 스승의 가르침을 빈다는 뜻.

◙白首風塵(백수풍진)

늙그막에 겪는 세상의 어지러움.

伯牙絶絃(백아절현)

전국시대의 거문고의 명수 백아(伯牙)가 자기의 거문고소리를 알아 주는 종자기(鍾子期)가 죽자, 종자기의 죽음을 슬퍼하여 거문고 줄을 끊었다는 고사에서 유래한 말로, 자기를 알아주는 참다운 벗의 죽음을 이르는 말.

百惡具備(백악구비)

온갖 나쁜 짓이 다 갖추어져 있음.

白眼視(백안시)

시쁘게 여기거나 냉대하여 본다는 뜻.

죽림칠현 중 한 사람이었던 완적이 어머니의 장례식때 조문객이 와도 흰자위로 외면하였다. 그러나, 혜강이 거문고와 술을 들고 찾아가자 검은 자위를 보이며 환영했다는 고사에서 유래한 말.

百藥無効(백약무효)

좋다는 약은 다 써도 병이 낫지 않는다는 뜻.

百藥之長(백약지장)

'술'의 딴 이름.

白往黑歸(백왕흑귀)

처음과 끝이 다름을 이름.

白雲孤飛(백운고비)

멀리 떠나는 자식이 어버이를 그리워한다는 뜻.

白衣民族(백의민족)

흰옷을 입은 민족. 곧 한국 민족을 지칭한다.

白衣勇士(백의용사)

전쟁에서 다치거나 병이 든 군인. 즉 상이군인.

◙白衣從軍(백의종군)

벼슬을 하지 않은 사람이 군대를 따라 전쟁터로 나감.

◙白衣蒼狗(백의창구)

구름이 흰옷 모양같이 되었다가 갑자기 강아지 모양으로 변한다는 뜻. 곧 세상 일이 자주 바뀌는 것을 비유한다.

◙百爾思之(백이사지)

갖가지로 생각하여 본다는 뜻.

◙百戰老將(백전노장)

세상의 온갖 풍파를 다 겪은 사람.

◙百折不屈(백절불굴)

여러 번 꺾여져도 굽히지 않음.

◙百晝拔劒(백주발검)

대낮에 칼을 빼어들고 날뜀.

◙白晝搶奪(백주창탈)

대낮에 남의 물건을 강탈한다는 뜻.

◙伯仲叔季(백중숙계)

백(伯)은 맏이, 중(仲)은 둘째, 숙(叔)은 세째, 계(季)는 막내라는 뜻으로, 네 형제의 차례를 일컫는 말.

◙伯仲之間(백중지간)

서로 어금지금하여 맞섬. 곧 우열이 없는 사이를 일컫는다.

◙白地曖昧(백지애매)

까닭없이 죄를 받아 화를 당한다는 뜻.

◙百尺竿頭(백척간두)

백척 높이의 장대의 끝. 곧 위험이나 곤란이 극도에 달한 상태를 말한다.

이와 유사한 말로는 위기일발, 명재경각, 풍전등화 등이 있다.

百八煩惱(백팔번뇌)

108가지의 번뇌. 곧 눈, 귀, 입, 코, 몸, 뜻의 육근(六根)에 각각 고(苦), 락(樂), 불고불락(不苦不樂)이 있어 18가지가 되고, 거기에 탐(貪), 무탐(無貪)이 있어 36가지가 되며, 이것을 다시 현재, 과거, 미래에 풀면 모두 108가지가 된다는 것.

百弊俱存(백폐구존)

온갖 폐단이 죄다 있다는 뜻.

百廢俱興(백폐구흥)

일단 없어진 것이 다시금 일어난다는 뜻.

百害無益(백해무익)

해는 있어도 이로움이 전혀 없음을 뜻함.

繁文縟禮(번문욕례)

규칙 · 예절 · 절차 따위가 형식적이어서 번거롭고 까다로움.

伐齊爲名(벌제위명)

어떤 일을 하는 체하고 속으로는 딴 짓을 하는 것을 이름.

便同一室(변동일실)

남과 사이가 가까와 한가족 같음.

辯明無路(변명무로)

어떻게도 변명할 길이 없음.

變出不意(변출불의)

변고가 뜻밖에 생김.

變化無雙(변화무쌍)

더없이 변화가 많거나 심하여 서로 견줄 만한 것이 없음.

兵家常事(병가상사)

전쟁에서 이기고 지는 것은 흔히 있는 일이니 낙심할 것 없다는 뜻.

病上添病(병상첨병)

앓는 중에 또 딴 병이 겹쳐 일어난다는 뜻.

病入膏肓(병입고황)

병이 중태에 빠져 완치될 가망이 없다는 뜻.

진의 경공이 위중한 때 명의로 유명한 고완이 맥을 짚어 보고는 '이 병환은 고치지를 못합니다. 병이 황(肓)의 위, 고(膏)의 아래에 들었으므로, 침도 미치지 못하고 약도 아무 소용이 없읍니다' 한데서 유래한 말로, 경공은 이어 죽음을 맞이하였다 한다.

病入骨髓(병입골수)

병이 뼛속 깊이 스며듦.

竝州故鄕(병주고향)

당나라때의 가도가 병주에 오래 살다가 떠날때 할 말로써, 오래 살던 타향을 고향에 견주어 이른 말. 곧 제2의 고향.

病風傷暑(병풍상서)

바람에 병들고 더위에 상한다는 뜻. 곧 세고(世苦)에 쪼들림을 일컫는다.

補過拾遺(보과습유)

임금의 잘못을 바로잡아 고치게 함.

鴇羽之嗟(보우지차)

백성이 싸움터에 나가 있어 그 어버이를 봉양치 못하는 한탄이란 뜻.

報怨以德(보원이덕)

노자에 '원수 갚기를 덕으로써 하라'는 귀절에서 나온 말.

覆車之戒(복거지계)

앞의 수레가 엎어지는 것을 보고 뒤의 수레는 미리 경계하여 조심한다는 뜻으로, 앞 사람의 실패를 거울 삼아 뒷사람은 경계하라는 뜻.

腹高如山(복고여산)

배가 산같이 높다는 뜻으로, 아이 밴 여자의 부른 배를 형용한다. 또는 부자의 교만스러움을 지칭한다.

福過災生(복과재생)

복이 차고 넘치면 오히려 재앙이 생긴다는 뜻.

伏慕區區(복모구구)

'삼가 사모하는 마음 그지 없읍니다'의 뜻으로 편지에 쓰는 말.

伏慕不任(복모불임)

'삼가 사모하여 아뢰나이다'의 뜻으로 편지에 쓰는 말.

覆盃之水(복배지수)

엎지른 물이란 뜻으로, 다시 수습하기 어렵다는 뜻.

福善禍淫(복선화음)

착한 사람에게는 복을 주고 악한 사람에게는 재앙을 준다는 뜻.

覆水難收(복수난수)

한 번 저지른 일은 다시 어찌할 수 없다는 뜻.

주나라 여상의 부인이 책만 읽고 가사를 돌보지 않는 남편에 불만을 품고는 이혼하여 친정으로 돌아갔었다.

그러나 얼마후 여상이 주의 일등공신이 되어 제후가 되자 부인이 다시 찾아와 합치기를 바라자, 여상이 물을 마당에

붓고는 부인에게 그것을 다시 동이에 담아보라고 한데서 유래한 고사성어이다.

◙ 腹心之友(복심지우)

마음이 맞는 극진한 친구 사이를 지칭하는 말.

◙ 伏龍鳳雛(복용봉추)

엎드려 있는 용이란 제갈공명을 가르키고, 봉의 새끼란 방사원을 이르는 것으로써, 특출한 인물을 비유하는 말.

◙ 本來面目(본래면목)

자기의 본분. 즉 중생이 본래 가지고 있는 인위가 섞이지 않은 심정을 지칭한다.

◙ 本然之性(본연지성)

사람이 본디부터 타고난 심성.

◙ 本第入納(본제입납)

본 집으로 들어가는 편지라는 뜻으로, 자기집으로 편지할 때 편지 겉봉의 자기 이름 뒤나 아래에 쓰는 말.

◙ 逢頭亂髮(봉두난발)

쑥대강이 처럼 흐트러진 머리털.

◙ 鳳麟芝蘭(봉린지란)

봉과 기린같이 잘난 남자와 지초, 난초 같은 여자. 곧 젊은 남녀의 아름다움을 표현한 것이다.

◙ 奉命使臣(봉명사신)

왕명을 받들고 외국으로 가는 사신.

◙ 蓬首垢面(봉수구면)

흩어진 머리와 때 묻은 얼굴.

◙ 逢時不幸(봉시불행)

공교롭게 불행한 때를 만남.

◙蜂蟻君臣(봉의군신)

하찮은 개미나 벌에게도 군신의 구별이 있다는 말.

◙逢人輒說(봉인첩설)

만나는 사람마다 붙들고 지껄여 소문을 널리 퍼뜨린다는 뜻.

◙蓬篳生輝(봉필생휘)

가난한 사람의 집에 고귀한 손님이 찾아옴을 영광으로 생각한다는 뜻.

◙富貴在天(부귀재천)

부귀는 하늘에 매어 있어 인력(人力)으로는 어찌할 수 없다는 뜻.

◙負笈從師(부급종사)

먼 곳의 스승을 좇아가서 배움.

◙不得要領(부득요령)

요령을 못 잡음.

이는 「사기」 대원전(大宛傳)에 한의 장건이 '竟不能得月氏要領 留歲餘還(드디어 사명으로 하는 월씨의 요령을 얻지 못하고 머무르다가 귀로에 올랐다.)'는 데서 유래한 말이다.

◙父母俱沒(부모구몰)

부모가 다 돌아가심. 부모구존(父母俱存)과 반대의 뜻.

◙剖腹藏珠(부복장주)

이익을 위하여 내 몸을 헤치는 일은 하지 말라는 뜻.

◙夫婦有別(부부유별)

오륜의 하나로, 부부 사이에 서로 침범치 못할 인륜의 구별이 있다는 뜻.

◙父父子子(부부자자)

아버지는 아버지 노릇을 하고 아들은 아들 노릇을 한다는 뜻. 곧 서로의 본분을 지키는 것을 말한다.

浮生如夢(부생여몽)

인생은 항상 허무한 꿈과 같다는 뜻.

傳生之論(부생지론)

죽일 죄에 의의(疑義)가 있을 때에 형벌을 감하기를 주장하는 변론.

負石入海(부석입해)

지사가 자기 뜻을 세상에 베풀지 못함을 비관하여 돌을 짊어지고 바다 속으로 뛰어 들어갔다는 고사에서 유래한 말.

俯仰一世(부앙일세)

세상에 순응하여 행동하는 것을 뜻함.

斧鉞當前(부월당전)

중형으로 죽음이 닥침을 가정하는 말.

蜉蝣人生(부유인생)

하루살이 인생. 곧 사람의 생애가 짧고 덧없음을 이른다.

婦人之性(부인지성)

남자로써 여자처럼 편벽하고 좁은 성격을 지녔음을 뜻한다.

부인지인(婦人之仁)은 남자가 여자처럼 과단성이 없고 어질기만 한 것.

父子有親(부자유친)

오륜의 하나. 아버지와 자식 사이의 도(道)는 친애에 있다는 뜻.

父傳子傳(부전자전)

그 아버지에 그 아들. 곧 자식이 아버지를 닮음을 의미하는 말.

富則多事(부즉다사)
재물이 많으면 일도 많다는 뜻.

不知輕重(부지경중)
물건의 경중을 모른다는 뜻으로, 판단을 그르치는 것을 이른다.

不知其數(부지기수)
너무 많아서 그 수효를 알 수가 없다는 뜻.

不知不覺(부지불각)
미처 깨닫지 못하는 결.

不知歲月(부지세월)
세월의 돌아가는 형편을 모름.

不知下落(부지하락)
어디로 가서 어떻게 되었는지 알지 못함.

父執尊長(부집존장)
아버지의 친구로 아버지와 나이가 비슷한 어른.

夫唱婦隨(부창부수)
남편이 창을 하면 아내도 따라 하듯, 남편의 뜻에 아내가 따르는 것이 부부 화합의 도리라는 뜻. 이와 유사어로는 여필종부(女必從夫), 부전자전(父傳子傳) 등이 있다.

赴湯蹈火(부탕도화)
물불을 가리지 않고 뛰어든다는 뜻. 곧 목숨을 내놓고 일한다는 말.

父風母習(부풍모습)
부모를 고루 닮음.

附和雷同(부화뇌동)
일정한 주관이 없이 남들 여럿의 의견을 그대로 좇아 따르거나 덩달아서 같이 행동한다는 뜻.

이와 유사어로서는 부화수행(附和隨行), 기회주의(機會主義) 등이 있다.

◙ 北門之嘆(북문지탄)

벼슬 자리에 나가기는 하였으나 뜻대로 성공하지 못하여 그 곤궁함을 한탄한다는 뜻.

◙ 北窓三友(북창삼우)

거문고·술·시를 일컫는 말.

◙ 粉骨碎身(분골쇄신)

뼈가 가루가 되고 몸이 부서지도록 노력한다는 뜻. 곧 목숨을 걸고 힘을 다하는 것을 뜻한다.

◙ 忿氣冲天(분기충천)

분한 기운이 하늘에 솟구치듯 한다는 뜻.

◙ 分門裂戶(분문열호)

한 친척이나 당파 속에서 서로 패가 갈라진다는 뜻.

◙ 焚書坑儒(분서갱유)

중국 진시황이 재상 이사(李斯)의 말에 따라 진(秦)의 기록 이외의 서적을 모두 불사르고, 불로 장생의 신선술에 심취하여 60여명의 유생을 함양(咸陽)에서 구덩이에 생매장해 죽인 일.

◙ 不可救藥(불가구약)

일이 이에 실패하여 수습할 길이 없다는 뜻.

◙ 不可究詰(불가구힐)

내용이 복잡하여 진상을 밝힐 수가 없다는 뜻.

◙ 不可思義(불가사의)

보통 생각으로는 미루어 헤아릴 수 없는 이상하고 야릇한 것.

不暇草書(불가초서)

한자 초서를 쓸 때에는 획과 점을 일일이 쓰지 않는데, 이것도 쓸 틈이 없다는 뜻. 곧 매우 바쁜 것을 의미한다.

不可抗力(불가항력)

인간의 힘으로는 어찌할 수 없는 힘.

不可形言(불가형언)

말로 형언할 수 없다는 뜻.

不刊之書(불간지서)

영구히 전하여져 없어지지 아니할 양서(良書).

不敢生心(불감생심)

힘에 부쳐 감히 할 생각도 못한다는 의미.

不見是圖(불견시도)

보지 않고도 알 수 있음.

不經之說(불경지설)

허망하고 간사스러운 말.

不顧廉恥(불고염치)

염치를 돌보지 않음.

不告而去(불고이거)

가겠다는 말도 하지 않고 감.

不攻自破(불공자파)

치지 않아도 스스로 깨어짐.

不拘工拙(불구공졸)

재주가 좋고 서투름을 가리지 않음.

不俱戴天(불구대천)

하늘을 함께 할 수 없다는 뜻으로, 이 세상에서 함께 살

수 없는 원수를 이름.

不近人情(불근인정)

인정에 어그러짐.

不斯而會(불기이회)

뜻하지 않은 기회에 우연히 서로 만남.

不農不商(불농불상)

농사도 장사도 안하고 놀고 지낸다는 뜻.

不立文字(불립문자)

도를 깨닫는 것은 문자나 말로써 전하는 것이 아니라 마음에서 마음으로 전한다는 뜻.

不眠不休(불면불휴)

자지 않고 쉬지도 않음. 곧 쉴새없이 힘써 일하는 모양.

不謀而同(불모이동)

의논함이 없는 데도 의견이 같음.

不毛之地(불모지지)

아무 식물도 자라지 못하는 메마른 땅.

不問可知(불문가지)

묻지 않아도 알 수 있음.

不問曲直(불문곡직)

잘잘못을 묻지 아니하고 다짜고짜로 행동함.

不美之說(불미지설)

자기에게 이롭지 못한 말.

不分東西(불분동서)

어리석어서 동서를 분별 못한다는 뜻. 곧 어리석어 사리를 분간 못함을 이른다.

不善擧行(불선거행)

맡은 일을 잘 이행하지 못한다는 뜻.

不省人事(불성인사)

병이나 중상으로 의식을 잃음.

不世之功(불세지공)

세상에 보기 드문 큰 공로.

不世之才(불세지재)

대대로 드문 큰 재주. 세상에 드문 큰 재주.

不時之需(불시지수)

때 아닌 때에 먹게 된 음식.

不識去就(불식거취)

떠나야 할 지 머물러야 할 지 결정하지 못함을 이르는 말.

不失本色(불실본색)

본색을 잃지 않음.

不審之責(불심지책)

자세히 살피어 알지 못한데 대한 책임을 진다는 말.

不約而同(불약이동)

사전에 약속도 없이 우연 일치로 행동을 같이 하는 것을 지칭한다.

不言可想(불언가상)

말을 하지 않아도 가히 생각할 수가 있음.

不言之教(불언지교)

말없이 주는 교훈을 이르는 말.

不易之論(불역지론)

달리 고칠 수 없는 바른 말.

不撓不屈(불요불굴)

결심이 흔들리거나 굽힘이 없이 억셈을 이름.

不遠千里(불원천리)

천리를 멀다 여기지 않음.

不撤晝夜(불철주야)

밤낮을 가리지 않음. 곧 조금도 쉴사이 없이 일에 힘쓰는 모양.

不逮門女(불체문여)

야간에 통행 금지 시간이 되어 집에 돌아가지 못하는 여자를 이른다.

不恥下問(불치하문)

손 아랫 사람이나 자기보다 못한 사람에게 묻는 것을 부끄럽게 여기지 않음.

不偏不黨(불편부당)

어느 한쪽으로도 치우치지 않고 공평한 태도.

不必多言(불필다언)

여러 말을 할 필요가 없음.

不必再言(불필재언)

두 번 다시 말할 필요가 없음.

不學無識(불학무식)

배우지 못해 아는 것이 없음.

不寒不熱(불한불열)

기후가 춥지도 않고 덥지도 아니하여 견디기에 알맞음.

不惑之年(불혹지년)

불혹의 나이. 곧 마흔 살을 이른다.

「논어」 위정편은 공자가 자기의 과거를 회고하면서 그의 정신적 성장의 과정을 이야기한, 짧으면서도 자서전적인 요소가 술회되어 있다. 이 '불혹'도 그 속에서 사용된 어귀로,

'四十而不惑(40에 혹하지 않았고)'에서 유래된다.

鵬程萬里(붕정만리)

붕새가 날아 가는 하늘 길이 만리로 트임. 곧 전도가 극히 양양한 장래를 뜻한다.

非禮勿視(비례물시)

예의에 어긋나는 일은 보지 말라는 뜻.

非夢似夢(비몽사몽)

꿈인지 생시인지 어렴풋한 상태.

悲憤慷慨(비분강개)

슬프고 분해 마음이 북받침.

秘不發說(비불발설)

비밀에 붙여 놓고 일체 말을 하지 않음.

臂不外曲(비불외곡)

팔이 안으로 굽는다는 뜻.

備嘗艱古(비상간고)

온갖 고생을 고루고루 맛본다는 의미.

飛蛾赴火(비아부화)

여름철에 벌레가 모깃불에 뛰어듦과 같이 스스로 위험한 곳에 들어간다는 뜻.

髀肉之嘆(비육지탄)

재능을 발휘할 기회를 얻지 못하고 헛되이 세월만 보내는 것을 탄식함. 곧 역량을 발휘하지 못하는 탄식.

중국 촉나라의 유비가 오랫동안 말을 타고 전장에 나가지 못하여 넓적다리에 쓸데없는 살만 찜을 한탄했다는 고사에서 유래한 말.

非一非再(비일비재)

한두 번이 아님을 뜻함.

飛鳥不入(비조불입)

성·진지의 방비가 튼튼하여 나는 새도 들어갈 수 없다는 뜻.

非朝則夕(비조즉석)

아침이 아니면 저녁이라는 뜻. 곧 시기가 임박했음을 이르는 말.

牝鷄司晨(빈계사신)

암탉이 새벽을 알리느라고 운다는 뜻. 곧 여자가 남편을 업신 여겨 집안 일을 마음대로 처리함을 이르는 말.

牝馬之貞(빈마지정)

유순한 덕과 인내력이 있어 성공함을 이르는 말.

擯不與言(빈불여언)

물리쳐 버려 상대하지 않는다는 뜻.

貧而不怨(빈이불원)

가난하면서도 남을 원망하지 않는다는 뜻.

貧者多事(빈자다사)

가난한 사람은 일이 많다는 뜻.

貧者小人(빈자소인)

가난한 사람은 남에게 굽죄이는 일이 많아서 기를 펴지 못하므로 저절로 낮고 소심한 사람처럼 된다는 말.

貧者一燈(빈자일등)

지성의 귀중함을 뜻하는 말.

이는 석가모니가 사위국(舍衛國)의 어느 정자에 있을 때의 일이다.

난타(難陀)라는 여인은 매우 가난하여 많은 사람들이 공

양하는 것을 보며,

"전생에 무슨 죄를 졌기에 이리도 가난하여, 부처님께 아무 공양도 못 드리게 되었단 말인가?"

라고 한탄한 난타는 어떻게 하든지 공양을 하리라 마음먹고는 하루종일 구걸하여 한 푼의 돈으로 기름을 사 부처님께 등을 바쳤다.

그런데 난타의 성심에 의한 등불이어서 인지 새벽녘이 되어도 난타의 등불만이 꺼지지 않고 빛나고 있었다. 그리하여 바람을 일으켜 끄려 했다. 그러나 도저히 끌 수가 없었다. 이에 부처님께서는 그녀의 성의를 인정하여 비구니(比丘尼)로 삼았다.

◎ 貧賤之交(빈천지교)

빈천할 때 사귄 벗.

◎ 憑公營私(빙공영사)

공적인 일을 빙자하여 사리(私利)를 꾀한다는 뜻.

◎ 氷肌玉骨(빙기옥골)

매화의 깨끗함을 지칭한 말로, 살결이 희고 고운 미인을 뜻한다.

◎ 氷炭不相容(빙탄불상용)

사물이 서로 화합하기 어려움을 뜻하는 말로, 견묘지간(犬猫之間), 불구대천(不俱戴天)도 같은 뜻이다.

「초사」에서 한의 동방삭(東方朔)이 굴원을 추모하여 지은 글 속에 '氷炭不可以相並兮(얼음과 숯은 서로 병존하지 못하니)'라 하여 전한다.

四顧無人(사고무인)

주위에 사람이 없어 쓸쓸함.

四顧無親(사고무친)

사방을 둘러보아도 친한 사람이 없음. 곧 의지할 곳이 전혀 없는 외로움을 의미한다.

四君子湯(사군자탕)

인삼·백출·백복령·감초의 네 가지를 각각 한 돈중씩 조합하여 원기와 소화를 돕는 데에 쓰는 탕약.

士氣衝天(사기충천)

사기가 하늘을 찌를 듯이 높음.

四面楚歌(사면초가)

전후 좌우에 초나라 군인들의 노래란 뜻으로, 적에게 포위되어 고립된 상태나 주위 사람들이 모두 자기 의견에 반대하여 고립된 상태를 뜻한다.

항우가 해하(垓下)에서 한나라 군사에게 포위당했을 때, 밤이 깊자 사면의 한나라 군영에서 초나라의 노래가 들려오므로, 항우는 초나라 백성이 모두 한나라에 항복한 줄 알고 자기의 최후가 온 것을 깨닫고는 사랑하는 우미인과 술을 나눈 다음 비분강개하여 다음과 같은 시를 읊고는 눈물을 흘렸다 한다.

力拔山兮氣蓋世
時不利兮不逝騅
騅不逝兮可奈何
虞兮虞兮奈若何
힘은 산을 빼고 기운은 세상을 덮는다.
시운이 나에게 불리하여 추(騅)가 가지 않으니,
추도 이미 가지 않으니 어찌나 하랴.
우야, 우야. 아 너를 어찌할 것인가?

四面春風(사면춘풍)

항상 좋은 얼굴로 남을 대하여 누구에게나 호감을 삼. 곧 누구에게나 다 모나지 않게 처세하는 일, 또는 그런 사람.

徙木之信(사목지신)

위정자가 국민에게 속이지 아니할 것을 밝힘.

斯文亂賊(사문난적)

교리에 어긋나는 언동으로 유교(儒教)를 어지럽히는 사람을 지칭한다.

事半功倍(사반공배)

들인 공은 적은데 공은 배가 됨을 이름.

沙鉢農事(사발농사)

빌어먹는 일의 비유.

四分五裂(사분오열)

여러 갈래로 쪽쪽이 찢어짐.

◙ 駟不及舌(사불급설)

네 마리의 말이 끄는 빠른 마차라 하더라도 혀의 빠름에는 미치지 못한다는 뜻.

곧 발언은 항상 신중히 해야 한다는 말로써,「논어」안연편에서 유래한다.

◙ 死不瞑目(사불명목)

한이 많아 죽어서도 눈을 편히 감지 못한다는 뜻.

◙ 邪不犯正(사불범정)

바르지 못한 것이 바른 것을 감히 범하지 못함.

◙ 事不如意(사불여의)

일이 뜻대로 되지 않음을 뜻함.

◙ 四飛八散(사비팔산)

사방으로 날리어 이리저리 흩어진다는 뜻.

◙ 事事如意(사사여의)

일마다 원하는 대로 됨.

◙ 四散奔走(사산분주)

사방으로 뿔뿔이 흩어져 달아난다는 뜻.

◙ 沙上樓閣(사상누각)

모래 위에 지은 누각. 곧 어떤 일이나 사물의 기초가 견고하지 못함을 이르는 말.

◙ 辭色不變(사색불변)

태연 자약하여 말과 얼굴빛이 변하지 않음.

◙ 四色雜者(사색잡놈)

청탁을 가리지 않고 마음 내키는 대로 놀아나는 잡놈.

◙ 死生決斷(사생결단)

죽고 사는 것을 가리지 않고 끝장을 냄.

◙ 捨生取義(사생취의)

목숨을 버리더라도 의를 좇음.

◙ 四書五經(사서오경)

논어, 맹자, 중용, 대학과 시경, 서경, 주역, 예기, 춘추를 일컫는다.

◙ 使水逆流(사수역류)

자연의 도리에 어긋나는 것을 이른다.

◙ 私淑(사숙)

직접 가르침을 받지는 않았으나, 마음 속으로 그 사람을 본받아서 배우거나 따름을 뜻함.

◙ 四時長青(사시장청)

소나무나 대나무와 같이 사철 푸름.

◙ 事人如天(사인여천)

동학사상으로 사람 대하기를 하늘 같이 떠받들라는 뜻. 곧 인내천(人乃天).

◙ 似而非者(사이비자)

겉으로는 제법 비슷하나 본질적으로는 완전히 다름.

만장(萬章)이 맹자에게 '향원은 덕(德)의 적'이라는 공자의 말에 대해 계속 질문을 하자, 맹자는 다음과 같이 말하였다.

"이런 사람은 비난하려 해도 비난할 일이 없고, 공격하려 해도 공격할 구실이 없으나, 세속에 동조하고 더러운 세속적인 이익은 다 차지하면서도, 그 처신이 교묘하여 겉으로는 의젓한 군자처럼 보인다. 그러므로 '덕의 도둑'이라 한다."

死而後已(사이후이)

죽은 뒤에야 그만 둠. 곧, 살아 있는 한 끝까지 힘쓴다는 뜻.

死中求活(사중구활)

죽을 지경에서 살 길을 찾아 냄. 곧 사중구생(死中求生).

四通五達(사통오달)

사방으로 막힘없이 통함. 사통팔달.

事必歸正(사필귀정)

모든 일은 결과적으로 반드시 바른 길로 돌아서게 마련이라는 뜻으로, 속담 '콩 심은 데 콩 나고, 팥 심은 데 팥 난다'와 같다.

死後藥方文(사후약방문)

죽은 후에는 좋은 약이 있어도 소용이 없다는 뜻으로, 때가 이미 늦었음을 이르는 말이다.

山窮水盡(산궁수진)

산이 막히고 물줄기가 끊어짐. 곧 막다른 골목을 이른다.

山溜穿石(산류천석)

졸졸 흐르는 냇물이 바위를 뚫는다는 말. 곧 무슨 일이든지 끊임없이 열심이 하면 성취된다는 뜻.

山紫水明(산자수명)

산수의 경치가 아름다움.

山戰水戰(산전수전)

산에서의 전투와 물에서의 전투를 다 겪음. 곧 험한 세상일에 경험이 많음.

山海珍味(산해진미)

산과 바다의 진귀한 맛. 곧 온갖 귀한 재료로 만든 맛좋은 음식들.

◙ 殺身成仁 (살신성인)

몸을 죽여 인을 이룸. 곧 자기를 희생하여 착한 일을 한다는 뜻.

「논어」위령공편(衛靈公篇)에 '子曰, 志士仁人, 無求生以害仁, 有殺身以成仁. (공자가 말씀하시기를, 정의에 뜻을 둔 사람과 인덕을 갖춘 사람은 생명을 소중히 아껴 인에 배반하는 것 같은 것은 하지 않으며, 생명을 희생시켜서라도 인을 성취하는 것이다)' 란 말이 있는데, 이는 때에 따라서는 도의를 위해서 생명조차 아끼지 말아야 한다는 뜻이다.

◙ 三間斗屋 (삼간두옥)

몇 칸 안되는 작은 오막살이집. 즉 규모가 작은 집.

◙ 三綱五倫 (삼강오륜)

삼강, 즉 군위신강(君爲臣綱), 부위자강(父爲子綱), 부위부강(夫爲婦綱) 과 오륜, 즉 부자유친(父子有親), 군신유의(君臣有義), 부부유별(夫婦有別), 장유유서(張幼有序), 붕우유신(崩友有信) 을 뜻한다.

◙ 三顧草廬(삼고초려)

유비가 유표의 신세를 지고 있던 당시 한번은 서서(徐庶)가 찾아와 제갈공명을 천거하기에 유비가 제갈공을 세 번이나 찾아서 마침내 그를 군사(軍師) 로 초빙했다는 말로, 인재를 얻기 위한 노력을 뜻한다.

◙ 森羅萬象 (삼라만상)

우주 사이에 벌여 있는 수많은 현상.

◙ 三令五申 (삼령오신)

세 번 호령하고 다섯 번 거듭 말함. 곧 군대에서 되풀이 하여 자세히 명령함을 뜻한다.

三昧(삼매)

잡념이 없이 오직 한가지 일에만 정신을 쏟는 일심 불란의 경지. 곧 삼매경(三昧境).

三旬九食(삼순구식)

서른 날에 아홉 끼니밖에 먹지 못한다는 뜻으로, 가세가 지극히 가난함을 이르는 말.

三人成虎(삼인성호)

마을에 범이 있을리 없지마는 세 사람이 다 똑똑히 자기 눈으로 보았다고 우기면 마침내 곧이 듣게 된다는 뜻으로, 거짓말도 여러 사람이 말하면 믿게 됨을 이름.

三從之道(삼종지도)

여자는 어려서 아버지에게 순종하고, 시집가서는 남편에게 순종하고, 남편이 죽은 뒤에는 아들에게 순종해야 한다는 말.

三尺案頭(삼척안두)

석자의 책상 머리라는 뜻으로, 곧 좁은 책상 위를 뜻한다.

三韓甲族(삼한갑족)

우리나라 옛적부터 문벌이 높은 집안.

喪家之狗(상가지구)

초상집 개. 곧 여위고 기운없는 사람을 빈정거리는 말.

相見何晩(상견하만)

서로가 너무 늦게야 알게 됨을 유감으로 생각함.

相望之地(상망지지)

서로 바라다 보이는 곳. 곧 거리가 서로 가까운 곳을 이른다.

喪明之痛(상명지통)

아들이 죽은 슬픔.

相扶相助(상부상조)

서로 서로 도움.

相思一念(상사일념)

서로 그리워하는 한결같은 생각.

桑梓之鄕(상재지향)

여러 대의 조상의 무덤이 있는 고향.

桑田碧海(상전벽해)

뽕나무 밭이 바다로 바뀐다는 말로, 세상 일의 변천이 심하여 사물이 바뀜을 비유한다.

이는 당시인 유정지의 「대비백발옹(代悲白髮翁)」이라는 장시에서 보인다.

上濁下不淨(상탁하부정)

윗물이 맑아야 아랫물도 맑음. 곧 웃사람이 정직하지 못하면 아랫사람도 그렇게 되기 마련이라는 말.

傷風敗俗(상풍패속)

풍속을 문란하게 함. 또 부패하고 문란한 풍속.

上行下効(상행하효)

웃사람이 하는 일을 아랫사람이 본받음.

塞翁之馬(새옹지마)

인생의 행·불행은 돌고 도는 것이어서 예측할 수 없다는 뜻.

중국 변방에 사는 늙은이에게는 말이 한 필 있었는데, 어느 날 기르던 말이 달아났다가 준마와 함께 돌아왔다. 이에 노인은 매우 기뻐하였는데, 새옹의 외아들이 이 준마를 타다가 떨어져 절름발이가 되었다. 때마침 난리가 일어나 마을의 모든 젊은이들이 모두 전쟁에 끌려 나가 죽었으나 새옹의 아들은 절름발이여서 목숨을 보존하였다는 고사에서 유래하였다.

生老病死(생로병사)

인간이 사는 동안 겪는 4가지 고통. 곧 낳음과 늙음과 병듦과 죽음.

◙生面不知(생면부지)

한 번도 만나본 일이 없어 도무지 모르는 사람.

◙生不如死(생불여사)

형편이 몹시 어려워서 사는 것이 죽느니만 못하다는 뜻.

◙生死立判(생사입판)

살고 죽는 것이 당장에 판정됨.

◙生殺與奪(생살여탈)

살리고 죽이고 주고 뺏고 마음대로 하는 일.

◙生三死七(생삼사칠)

사람이 난 뒤의 사흘 동안과 사망한 뒤의 이레 동안을 부정하다고 꺼리는 일.

◙生而知之(생이지지)

배우지 않아도 스스로 통해서 안다는 뜻.

◙生者必滅(생자필멸)

무릇 이 세상에 생명이 있는 것은 빠름과 늦음의 차는 있어도 반드시 죽기 마련이라는 뜻.

◙生丁不辰(생정불신)

좋지 못한 시대에 태어남.

◙生存競爭(생존경쟁)

모든 생물이 그 생존을 유지하기 위해 서로 경쟁하는 것을 이른다.

◙生知安行(생지안행)

천성이 총명하여 나면서부터 도의에 통하여 편안한 마음으로 도를 행함.

胥動浮言(서동부언)

거짓말을 퍼뜨려 인심을 선동함.

黍離之歎(서리지탄)

왕풍(王風)의 「서리(黍離)」에서 유래한 말로, 나라가 망하여 옛 궁궐터가 밭으로 변해버린 슬픔을 이른다.

西施矉目(서시빈목)

월나라의 미인 서시가 눈을 찌푸린 것을 아름답게 본 어느 못난 여자가 자신도 아름다우리라고 그 흉내를 냈는데, 더욱 보기 싫게 보였다는 고사에서 유래한 말로, 함부로 남의 흉내를 내는 것을 뜻한다.

庶政刷新(서정쇄신)

여러가지 정사를 처리함에 나쁜 폐단을 없애고 그 면목을 새롭게 한다는 뜻.

噬臍莫及(서제막급)

일이 지난 후에는 후회해도 이미 소용이 없다는 뜻.

石間土穴(석간토혈)

바위 사이에 무덤 구덩이를 팔 만한 땅.

席藁待罪(석고대죄)

거적을 깔고 엎디어 벌을 기다린다는 뜻.

碩果不食(석과불식)

큰 과실은 다 먹지 않고 남긴다는 말. 곧 자기만의 욕심을 버리고 자손에게 복을 끼쳐 준다는 뜻.

席卷之勢(석권지세)

자리를 말 듯이 빠르게, 또 널리 세력을 펴는 기세.

石佛反面(석불반면)

돌부처가 얼굴을 돌린다는 뜻. 곧 아주 미워하고 싫어한다는 의미.

石破天驚(석파천경)

뜻밖의 일로 남을 놀라게 함을 이름.

選乾轉坤(선건전곤)

나라의 폐풍을 크게 개선함을 이름.

先見之明(선견지명)

일이 생기기 전에 미리 알아차리는 밝은 지혜.

善供無德(선공무덕)

남을 위하여 힘을 써도 별로 소득이 없음.

先公後私(선공후사)

먼저 공사(公事)를 하고 뒤에 사사(私事)에 힘을 쓴다는 뜻.

先大夫人(선대부인)

남의 돌아간 어머니를 높여 부르는 말.

先忘後失(선망후실)

자꾸 잊어버리기를 잘함.

先病者醫(선병자의)

같은 병을 먼저 앓고 난 사람이 의사란 말로, 무슨 일이나 경험한 사람이 가장 잘 알고 있다는 뜻.

先聲奪人(선성탈인)

먼저 소문을 퍼뜨려 남의 기세를 꺾는다는 뜻.

先憂後樂(선우후락)

사람이 뜻밖에 좋은 일이 생겨도 먼저 잘못 되지 않을까 생각하여 본 후 즐거워하란 뜻.

善游者溺(선유자익)

헤험을 잘 치는 사람이 빠져 죽기 쉽다는 말. 곧 재주많은 사람이 그 재주만 믿고 까불다가는 화를 입는다는 뜻.

◙ 先即制人(선즉제인)

남에 앞서 일을 하면 남을 제압할 수 있다는 뜻.

이는 진때 회계태수 은통(殷通)이 항량에게 반기할 것을 의논하러 왔을 때 항량의 조카 항우와 짜고 은통의 목을 자르고 스스로 회계군수가 되어 거병(擧兵)했다는 고사에서 유래한 말로,「항우본기」에 항량의 말로써 전하여지고 있다.

◙ 先天不足(선천부족)

부모의 유전으로 인한 허약을 이름.

◙ 仙風道骨(선풍도골)

신선의 풍채와 도인의 골격. 곧 외모가 고아한 기품임을 형용한다.

◙ 舌芒於劍(설망어검)

혀가 칼보다 날카롭다는 뜻.

◙ 雪上加霜(설상가상)

눈 위에 서리를 더한다는 뜻. 불행이 거듭 생김을 비유한다. '엎친 데 덮친 격'과 유사하다.

◙ 設心做意(설심주의)

계획적으로 간사한 꾀를 숨김.

◙ 說往說來(설왕설래)

서로 변론하여 말로 옥신각신하는 것.

◙ 舌底有斧(설저유부)

혀 밑에 도끼라는 뜻으로, 말을 잘못하면 재앙을 얻게 되니 말조심하라는 뜻.

◙ 纖纖玉手(섬섬옥수)

가냘프고 고운 여자의 손.

盛水不漏(성수불루)

물을 담아도 세지 않을 만큼 사물이 아주 정밀하게 짜여있다는 뜻.

城下之盟(성하지맹)

「좌전」 환공십이년조(桓公十二年條)에 '爲城下之盟而還' 이라는 구절에서 유래한 말로, 패전군이 적군에게 항복하고 맺는 굴욕적인 강화를 이른다.

洗踏足白(세답족백)

상전의 빨래에 종의 발꿈치가 희어졌다 함이니, 이는 남의 일을 해주면 자신에게도 그만한 소득이 있다는 뜻.

歲寒三友(세한삼우)

겨울철의 소나무·대나무·매화나무를 일컫는다.

疏不間親(소불간친)

친분이 먼 사람이 서로 가까운 사람의 사이를 이간하지 못한다는 뜻.

少不介意(소불개의)

조금도 개의하지 않음. 즉 조금도 마음에 두지 않는다는뜻.

小心翼翼(소심익익)

세심하게 마음을 써서 행동을 삼가한다는 뜻.

「시경」에 증민(烝民)의 제 2 절에 나오는 말로, 왕명을 받들어 제(齊)에 성을 쌓으려고 떠나는 중산보(仲山甫)의 덕을 칭송한 시이다.

小株密植(소주밀식)

모를 낼 때에 모 한 포기의 모 수는 적게 하고 배게 심어 꽂히는 포기 수를 많게 함.

蘇秦張儀(소진장의)

소진과 장의처럼 구변이 좋은 사람을 이르르는 말

◙小貪大失(소탐대실)

작은 것을 탐내어 큰 것을 잃는다는 뜻.

◙束手無策(속수무책)

손이 묶였으니 계책이 없음. 곧 어쩔 도리가 없어 꼼짝 못한다는 뜻.

◙孫康映雪(손강영설)

진나라 손강은 집이 몹시 가난하여 등유를 살 수 없는지라 겨울밤에 눈빛으로 공부했다는 고사에서 유래한 말.

◙損上剝下(손상박하)

나라에 해를 끼치고 백성의 재물을 빼앗음.

◙損者三樂(손자삼요)

인생 삼요 중, 분에 넘치게 즐겨하고, 한가함을 즐겨하고, 주색을 즐겨함은 세 가지 손해라는 뜻.

◙送舊迎新(송구영신)

묵은 것을 보내고 새 것을 맞음.

◙松都三絶(송도삼절)

개성의 뛰어난 인물 곧 서화담·황진이·박연폭포.

◙松茂柏悅(송무백열)

소나무가 무성하니 잣나무가 기뻐한다는 뜻으로, 벗이 좋게 됨을 기뻐함을 비유한다.

◙宋襄之仁(송양지인)

지나치게 착하기만 하여 권도(權道)가 없음을 이르는 말.

춘추시대 송의 양공이 초나라와 전쟁을 할 때, 태자는 초가 전투 태세를 정비하기 전에 일격을 가하자고 했다. 그러나 양공은 '군자는 어려운 처지에 있는 남을 괴롭히지 않는 법이다' 라고 하여 기회를 놓쳐 초군에게 도리어 격파당했다는 고사에서 유래하였다.

鎖門逃走(쇄문도주)

문을 잠그고 몰래 도망한다는 뜻

數間斗屋(수간두옥)

두서너 칸밖에 안되는 아주 작은 집.

守口如甁(수구여병)

비밀을 잘 지켜서 남에게 알리지 아니함을 일컫는 말.

首邱初心(수구초심)

고향을 그리워하는 마음. 여우가 죽을 때는 제 태어난 곳을 향해 머리를 둔다는 데서 유래한다.

隨機應變(수기응변)

그때그때 기회를 따라 일을 적당히 처리함.

水到渠成(수도거성)

물이 흐르면 자연 도랑이 생긴다는 말로, 학문을 깊이 닦으면 자연 도가 이루어진다는 뜻.

垂頭喪氣(수두상기)

근심 걱정으로 고개가 숙고 맥이 풀린다는 뜻.

手無釋卷(수무석권)

손에서 책을 놓을 사이가 없음. 곧 늘 열심히 공부한다는 뜻. 수불석권(手不釋券) 이라고도 한다.

手無一錢(수무푼전)

수중에 돈이 한 푼도 없음.

隨問隨答(수문수답)

묻는 대로 거침없이 대답한다는 뜻.

隨方就圓(수방취원)

다방면으로 뛰어나서 무엇이든지 잘 한다는 뜻.

◙壽福康寧(수복강녕)

장수하고 행복하며 건강하고 편안함

◙隨事斗護(수사두호)

일마다 돌보아 준다는 뜻.

◙首鼠兩端(수서양단)

진퇴·거취를 결정하지 못하고 쭈빗거리고 주저한다는 뜻.

전한 위기후와 무안후가 서로 상대를 헐뜯고 싸울때, 무안후가 어사대부를 불러 '너는 구멍에서 머리를 내놓고서 나올까 말까 망설이는 쥐처럼 이 사건에 대한 뚜렷한 흑백을 가리지 않고 주저하느냐.' 꾸짖었다는 데서 유래하는 고사성어이다.

◙水泄不通(수설불통)

경비가 매우 엄중하여 비밀이 새어나지 못함.

◙垂成之業(수성지업)

자손에게 뒤를 이어 그 기초를 굳게 한다는 뜻.

◙袖手傍觀(수수방관)

팔짱을 끼고 옆에서 보고만 있다는 말로, 응당 해야 할 일에 조금도 손을 쓰지 않고 그저 보기만 하는 것을 뜻한다.

◙隨順衆生(수순중생)

나쁜 사람 좋은 사람에 구애되지 않고 여러 사람의 의견이나 뜻에 따른다는 뜻.

◙隨時應變(수시응변)

그때그때 변하는 대로 따름.

◙修身齊家(수신제가)

자신의 몸을 닦고 집안을 다스리는 일.

水魚之交(수어지교)

중국에 조조·손권·유비가 서로 대적하고 있을 당시 근거지조차 없던 유비는 제갈공명의 뛰어난 지략에 찬성하여 그 실현에 힘을 기울였다.

따라 유비가 점차 제갈공명에게 절대적인 신뢰를 두기에 이르자, 관우·장비는 그런 유비에게 불평불만이 심했다.

그러자 유비는 이들을 불러 다음과 같이 말했다.

"내가 공명을 얻은 것은 마치 물고기가 물을 만난 것과 같다. 더 이상 아무 말도 하지 말기를 바란다."

따라서 '수어지교'는 임금과 신하 사이가 지극히 친밀한 것을 이르게 되었다. 그러나 후세에 내려오면서 일반적인 의미로 쓰여 특별한 친분을 뜻하기에 이르렀다.

羞惡之心(수오지심)

불의를 부끄러워 하고 남의 착하지 못함을 미워하는 마음.

誰怨誰咎(수원수구)

누구를 원망하거나 책망할 것이 없다는 뜻으로, 수원숙우(誰怨孰尤)라고도 한다.

守義枯稿(수의고고)

정의를 굳게 지키어 역경에 빠진다는 뜻.

繡衣夜行(수의야행)

영광스러운 일을 남에게 알리지 않는다는 뜻.

水積成川(수적성천)

물이 모여 내를 이룬다는 뜻으로, 티끌 모아 태산과 같은 의미.

守株待兎(수주대토)

융통성이 없는 어리석음. 곧 시대의 변천을 모르는 것을 비유한다.

옛날 송나라의 미련한 농부가 우연히 얻은 죽은 토끼 한마리 때문에 농사를 그만 두고 매일 그 토끼를 주운 나무 아래에서 기적이 일어나기를 바랬다는 고사에서 유래한다.

睡中遊行(수중유행)

자다가 별안간 일어나 반수 반성(半睡半醒)의 상태로 여러가지 행동을 함.

壽則多辱(수즉다욕)

오래 살면 욕되는 일이 많다는 뜻.

요임금이 화산(華山)에 갔을 때 그곳 하급 관리가 요임금에게 수(壽)·부(富)·다남자(多男子) 하기를 축원하자, 요임금이 '아들이 많으면 두려움이 많고, 부유해지면 번거러운 일이 많고, 장수하면 그 만큼 욕이 많아진다'고 말했다는 데서 유래한다.

水淸無魚(수청무어)

후한때 임상이 반초에게 서역 통치의 방법을 물으매, 반초가 말하기를 '물이 너무 맑으면 대어(大魚)는 숨을 곳이 없어 살 수가 없다네.'라고 대답했다는 데서 유래한 말로, 사람도 너무 엄하거나 똑똑하면 가까이 하는 사람이 없다는 뜻.

水火不通(수화불통)

물과 불은 통하지 않는다는 말로, 친교를 끊는다는 뜻.

菽麥不辨(숙맥불변)

콩과 보리를 분별하지 못한다는 뜻으로, 곧 어리석고 못난 사람을 지칭한다.

熟不還生(숙불환생)

한번 익힌 음식은 날 것으로 되돌아 갈 수 없다는 뜻으로,

남에게 음식을 권할 때에 많이 쓴다.

熟習難防(숙습난방)

몸에 밴 습관은 고치기 어렵다는 뜻.

熟柿主義(숙시주의)

감이 익어서 저절로 떨어지듯 일이 저절로 잘되거나 이권이 자기에게 돌아오기를 기다리는 주의.

宿虎衝鼻(숙호충비)

자는 호랑이 코침 주기. 곧 불리를 자초한다는 뜻.

夙興夜寐(숙흥야매)

아침 일찍 일어나고 밤 늦게 자며 부지런히 일함.

純潔無垢(순결무구)

순결하여 조금도 더러운 티가 없음.

脣亡齒寒(순망치한)

입술이 없으면 이가 시리다는 뜻으로, 가까운 두 사람 중에서 한 사람이 망하면 다른 사람도 그 영향을 받아 위험하게 됨을 이른다.

주의 혜왕 22년, 진의 헌공이 우(虞)에게 괵을 치겠다고 하며 길을 열어 줄 것을 요청하였다.

이때 우의 궁지기(宮之奇)라는 사람은 우와 괵이 표리의 관계임을 주장하며 진의 요청을 거절할 것을 간했다. 그러나 진의 뇌물에 눈이 어둔 우공은 이를 허락하므로써 진에게 멸망했다는 고사에서 유래한 말로, 이 때의 우(虞)와 괵의 관계를 말한다.

舜－百姓(순적백성)

착하고 어진 백성을 이르는 말.

順且無事(순차무사)

아무 걱정없이 잘 되어 간다는 뜻.

脣齒之勢(순치지세)

입술과 이가 불가분의 관계인 것처럼 서로 의지하고 돕는 형세를 뜻한다.

述而不作(술이부작)

공자가 '나는 조술하기는 해도 창작하지는 않는다'는 데서 유래한 말로, 그 전에 있었던 일을 말하고 있는 것으로 새로 창안한 것이 아니라는 뜻.

習與性成(습여성성)

습관이 오래 되면 마침내 천성이 된다는 뜻.

升斗之利(승두지리)

한 되, 한 말의 이익. 곧 대수롭지 않은 이익.

乘望風旨(승망풍지)

윗사람의 비위를 잘 맞추어 준다는 뜻.

承上接下(승상접하)

윗 사람을 받들고 아랫 사람은 거느리어 둘 사이를 잘 주선한다는 뜻.

乘勝長驅(승승장구)

싸움에 이긴 여세를 타서 거리낌없이 냅다 몰아침.

乘危涉險(승위섭험)

위태롭고 험난함을 무릅 씀.

時機尚早(시기상조)

아직 시기가 이르다는 말. 곧 아직 때가 덜 되었다는 의미.

詩禮之訓(시례지훈)

아버지가 아들에게 주는 교훈.

是非曲直(시비곡직)

옳고 그르고 굽고 곧음.

☉是非之心(시비지심)

시비를 가릴 줄 아는 마음.

☉是是非非(시시비비)

공평 무사하게 옳은 것은 옳다고 찬성하고 그른 것은 그르다고 반대함.

☉尸位素餐(시위소찬)

재덕이나 공로가 없어 직책을 다하지 못하면서 한갖 자리만 차지하고 녹(祿)만 받아 먹는다는 말.

☉時哉時哉(시재시재)

좋은 때를 만나 기뻐 감탄하는 소리.

☉始終如一(시종여일)

처음부터 끝까지 한결같음.

☉食不甘味(식불감미)

근심 걱정으로 음식을 먹으면 맛이 없다는 뜻.

☉食少事煩(식소사번)

소득은 적은데 일만 번잡하니 많다는 뜻.

☉食飮全廢(식음전폐)

음식을 아주 먹지를 아니한다는 뜻.

☉識字憂患(식자우환)

글자를 아는 것이 도리어 화의 근원이 된다는 뜻

☉神機漏泄(신기누설)

비밀에 속하는 일을 누설한다는 뜻.

☉信賞必罰(신상필벌)

상벌을 공정히 한다는 의미.

☉薪水之勞(신수지로)

나무를 하고 물을 긷는 수고. 곧 천한 일.

信心直行(신심직행)

바르다고 믿는 대로 행함.

身言書判(신언서판)

당(唐)에서 관리를 선정하던 기준으로, 후세에 사람됨의 판단을 하는 네가지 조건. 곧 신수·말씨·문필·판단력을 지칭한다.

身外無物(신외무물)

몸이 무엇보다도 가장 소중하다는 뜻.

神人共怒(신인공노)

신과 인간이 함께 성을 낸다는 뜻. 천인공로(天人共怒).

身體髮膚(신체발부)

몸이나 머리, 피부로 몸뚱이 전체.

神出鬼沒(신출귀몰)

귀신이 출몰하듯 자유자재하여 그 변화를 이루 다 헤아리지 못한다는 뜻.

實事求是(실사구시)

「한서」에 '수학호고(修學好古) 실사구시(實事求是)' 라는 문귀에서 유래한 말로, 사실을 얻기에 힘써 그 사실을 토대로 하여 진리를 탐구하는 것을 뜻한다.

深思熟考(심사숙고)

깊이 생각하고 익히 생각한다는 뜻.

心心相印(심심상인)

말없이 마음과 마음으로 서로 뜻이 통한다는 뜻.

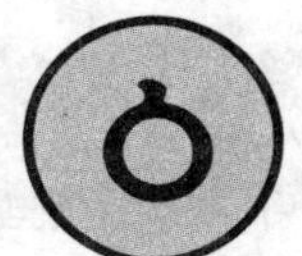

阿鼻叫喚(아비규환)

불교의 팔대지옥의 하나인 아비지옥과 규환지옥에서 울부짖는 참상. 곧 고통에 견디지 못하여 울부짖는 소리.

阿諛苟容(아유구용)

남에게 아첨하여 구차스럽게 구는 모양.

我田引水(아전인수)

'내 논에 물대기'란 뜻으로, 자기에게만 이롭도록 말하고 행동하는 것을 뜻한다.

惡事千里(악사천리)

나쁜 일은 곧 세상에 퍼진다는 뜻.

惡因惡果(악인악과)

나쁜 일을 하면 반드시 그 재앙이 뒤따른다는 뜻.

安居樂業(안거낙업)

평안히 살면서 생업을 즐긴다는 뜻.

安居危思(안거위사)

평안히 살 때에 어려움이 닥칠 것을 잊지 말고 대비하라는 말. 곧 유비무환의 뜻.

◙眼高手卑(안고수비)

'눈은 높으나 손이 낮다'는 뜻으로, 마음과 이상은 높으나 재주가 없어 그 행동이 따르지 못한다는 의미.

◙顔面薄待(안면박대)

아는 사람을 면대하여 푸대접하는 것.

◙眼明手快(안명수쾌)

눈썰미가 있어 시원스럽게 처리한다는 뜻.

◙眼目所見(안목소견)

남의 눈을 집중하여 보고 있는 터.

◙眼鼻莫開(안비막개)

일이 몹시 바빠 눈코 뜰새가 없다는 뜻.

◙安貧樂道(안빈낙도)

구차한 중에도 편안한 마음으로 도를 지키며 즐긴다는 뜻.

◙雁書(안서)

한과 흉노가 대립해 있던 무렵 한의 소무가 포로 반환 문제로 흉노에 사신으로 가게 되었다.

그러나 흉노는 소무를 가두고 되돌려 보내지 않자, 상혜(常惠)라는 사람의 꾀에 의해 소무가 되돌아 오게 되었다는 고사에서 유래한다.

상혜의 꾀란 '천자께서 사냥하다 기러기를 한 마리 쏘아 떨어뜨렸는데, 그 기러기 발목에는 비단 헝겊이 매어져 있고, 헝겊에는 소무는 소택가에 있다는 것이다'고 사신더러 흉노에게 말하도록 시킨 것이었다.

따라서 현재에는 먼 곳의 소식을 편지라는 뜻으로 쓰이게 되었다.

安如泰山(안여태산)
태산같이 마음이 끄떡 없고 든든하다는 뜻.

安土重遷(안토중천)
고향 떠나기를 즐겨하지 않는다는 뜻.

眼下無人(안하무인)
눈 아래 사람이 없음. 곧 사람을 업신여기고 교만하다는 뜻. 안중지인(眼中之人)과 같은 말.

暗中摸索(암중모색)
물건을 어둠 속에서 더듬어 찾음. 또는 어림짐작으로 무엇을 알아내거나 찾아내려는 것을 이른다.

暗中飛躍(암중비약)
세상에 알려지지 않도록 어두운 곳에서 날고 뜀.

殃及池魚(앙급지어)
엉뚱하게 당하는 화를 이르르는 말.
옛날에 성문에 난 불을 못물로 껐으므로 그 못의 물고기가 다 죽고 말았다는 고사에서 유래한다.

仰天大笑(앙천대소)
하늘을 쳐다보고 크게 웃는다는 뜻.

哀乞伏乞(애걸복걸)
갖은 수단으로 머리 숙여 빔.

哀而不悲(애이불비)
속으로는 슬프지만 겉으로는 슬픔을 나타내지 않음.

愛人如己(애인여기)
남 사랑하기를 자기 사랑하듯 한다는 뜻.

愛人恤民(애인휼민)
사람을 사랑하고 백성을 불쌍히 여긴다는 뜻.

◙愛之重之(애지중지)

매우 사랑하고 귀중히 여긴다는 뜻.

◙愛親敬長(애친경장)

부모를 사랑하고 어른을 공경한다는 뜻.

◙野無青草(야무청초)

가뭄으로 땅에 푸른 풀이 없다는 뜻.

◙夜不踏白(야불답백)

밤에 하얗게 보이는 것은 물이니 밟지 않도록 조심해 걸으라는 뜻.

◙弱馬卜重(약마복중)

재주와 힘에 겨운 일을 맡는다는 뜻.

◙藥房甘草(약방감초)

무슨 일에나 꼭 끼어든다는 뜻.

◙弱者先手(약자선수)

장기나 바둑에서 수가 약한 쪽이 먼저 두는 것.

◙良賈深藏(양고심장)

장사를 잘하는 사람은 좋은 물건을 깊숙이 숨겨두고 가게 앞에 너절하게 벌리지 않는다는 뜻. 곧 어진 사람이 학덕이나 재능을 감추고 함부로 나타내지 않음을 비유.

◙羊頭狗肉(양두구육)

「항언록(恒言錄)」에 '양(羊)의 머리를 내걸고 실은 개고기를 판다'에서 유래한 말로, 겉으로는 훌륭하게 내세우나 속은 변변치 않음을 뜻한다.

◙兩面價値(양면가치)

사람이나 물건 따위의 동일 대상에 대해서 동시에 정반대의 감정이 공존한다는 의미.

🌀攘臂大談(양비대담)

소매를 걷어올리며 큰소리를 침.

🌀梁上君子(양상군자)

들보 위의 군자란 뜻으로 도둑을 지칭한다.

중국 후한 말기에 태구현의 장관으로 진식이란 사람이 있었는데, 그는 매우 학문을 좋아하고 청렴하여 백성들이 다 그의 덕을 우러러 보았다.

그런데 어느 해 큰 흉년이 들어 온 마을 백성들이 괴로움을 겪을 때 진식의 방에 도둑이 들어와 대들보 위에 숨은 사건이 발생하였다.

이에 진식은 손자와 아들들을 불러 놓고 훈계하였다.

"사람은 스스로 힘써야 한다. 악을 행하는 사람도 본시부터 악한 사람이 아니다. 평소의 해이된 습성이 성격이 되어 악을 행하게 되는 것이다. 이 양상군자(梁上君子)도 이와 같은 사람이니라."

그러자 도둑이 놀라 내려와 머리를 조아리고 용서를 빌었다 한다.

🌀兩手執餠(양수집병)

두 손에 떡을 쥔 격으로, 가지기도 버리기도 어려운 경우를 뜻한다.

🌀兩是雙非(양시쌍비)

양쪽에 다 이유가 있어 시비를 분간하기 어렵다는 뜻.

🌀良藥苦口(양약고구)

공자의 말씀으로 「공자가어(孔子家語)」에 '양약(良藥)은 입에 쓰지만 그만큼 병에는 이로운 것이며, 충언(忠言)은 귀에 거슬리지만 행동을 바로 하는데 이로운 것이다' 란 귀절이 전한다.

◙ 揚揚自得(양양자득)

뜻을 이루어 뽐내고 꺼드럭거림.

◙ 兩者擇一(양자택일)

두 사람 또는 두 물건 중 하나를 택함.

◙ 良知良能(양지양능)

경험이나 교육에 의하지 않고 선천적으로 사물을 알고 행할 수 있는 지혜와 능력.

◙ 養虎遺患(양호유환)

호랑이를 길러 근심을 산다는 뜻으로, 화근을 만들어 근심하는 것을 뜻한다.

◙ 禳禍求福(양화구복)

재앙을 물리치고 복을 구함.

◙ 魚頭肉尾(어두육미)

물고기는 머리, 짐승은 꼬리 쪽이 맛이 있다는 말로, 어두일미(魚頭一味)와 유사.

◙ 魚魯不辨(어로불변)

'어(魚)' 자와 '노(魯)'자를 구별하지 못한다는 말로, 매우 무식하다는 뜻.

◙ 漁夫之利(어부지리)

황새가 조개를 쪼아 먹으려 하자 조개가 황새의 부리를 잡고 놓지 않아 서로 이러지도 저러지도 못하고 다투는 통에 어부가 둘다 잡아 이득을 보았다는 고사에서 유래한 말로, 서로 다투는 사이에 제3자가 엉뚱하게 이익을 보는 것을 이른다.

◙ 語不成說(어불성설)

말이 조금도 사리에 맞지 않고 어긋나는 것을 이른다.

◙ 抑強扶弱(억강부약)

강한 자를 누르고 약한 자를 돕는 것.

◙ 億兆蒼生(억조창생)

수많은 백성.

◙ 億千萬劫(억천만겁)

무한한 시간.

◙ 抑何心情(억하심정)

대체 무슨 생각으로 그러는지 도대체 그 마음을 모르겠다는 뜻.

◙ 焉敢生心(언감생심)

감히 그런 마음을 먹을 수도 없다는 뜻.

◙ 言去言來(언거언래)

여러 말을 서로 주고 받는다는 뜻.

◙ 言過其實(언과기실)

말만 크게 해놓고 실행이 부족한 것을 이름.

◙ 言飛千里(언비천리)

발 없는 말이 빨리 퍼진다는 의미.

◙ 言語道斷(언어도단)

말문이 막힌다는 뜻으로, 너무 어이가 없어 할 말이 없는 것을 의미한다.

◙ 言中有骨(언중유골)

말 속에 뼈가 있음. 곧 예사로운 말 속에 단단한 속뜻이 들어 있다는 말.

◙ 言則是也(언즉시야)

말인즉 옳음. 곧 사리에 맞다는 뜻.

◙ 嚴冬雪寒(엄동설한)

눈이 오고 몹시 추운 겨울.

掩耳盜鈴(엄이도령)

귀를 가리고 방울을 훔친다는 뜻으로, 얕은 수를 써서 남을 속이려 하는 것을 비유한다.

如狂如醉(여광여취)

매우 기뻐서 미친 듯, 취한 듯 하다는 뜻.

如斷手足(여단수족)

수족이 잘림과 같이, 요긴한 물건이나 사람이 없어져 매우 아쉬운 것을 이른다.

餘桃之罪(여도지죄)

전에 칭찬 받던 일이 그 총애가 식은 후 오히려 죄의 근원이 된다는 뜻.

如履薄氷(여리박빙)

살얼음을 밟는 것과 같음. 곧 처세에 극히 조심함을 이름.

如拔痛齒(여발통치)

앓던 이가 빠진 것처럼 괴로운 일을 벗어나 시원하다는 뜻.

與世推移(여세추이)

세상이 변하는 대로 따라서 변함.

如水投水(여수투수)

물에 물탄 듯 술에 술탄 듯.

餘裕綽綽(여유작작)

빠듯하지 않고 아주 넉넉함.

與人同樂(여인동락)

남과 더불어 같이 즐김.

汝牆折角(여장절각)

여담절각(汝－折角)과 같은 말로, 남에게 책임을 지우기 위해 억지 쓰는 말.

如坐針席(여좌침석)
바늘 방석에 앉은 것과 같음. 곧 매우 불편하다는 뜻.

旅進旅退(여진여퇴)
일정한 주견이나 절개가 없이 여러 사람에게 휩쓸리는 것.

如出一口(여출일구)
한 입에서 나온 것처럼 여러 사람의 말이 한결 같음. 이구동성(異口同聲)과 유사하다.

如厠二心(여측이심)
뒷간에 갈 적 마음 다르고 올 적 마음 다르다는 뜻으로, 자신에게 필요할 때는 급하게 굴다가 일단 그 일이 끝나면 마음이 변하는 것을 의미한다.

與他自別(여타자별)
남보다도 유난히 사이가 가까움을 일컫는 말.

如風過耳(여풍과이)
바람이 귀를 스쳐지나가는 것과 같다는 뜻으로, 남의 말에 조금도 귀 기울이지 않는 것을 이른다.

女必從夫(여필종부)
아내는 반드시 남편을 따라야 한다는 뜻.

如合符節(여합부절)
부절(符節)을 맞추듯 사물의 형편이 꼭 들어맞는 것을 이름.

逆耳之言(역이지언)
귀에 거슬리는 말. 곧 충고하는 말을 이름.

易地思之(역지사지)
처지를 바꾸어 놓고 생각한다는 뜻으로, 타산지석(他山之石), 가는 말이 고아야 오는 말이 곱다란 말과 유사하다.

◙ 延年益壽(연년익수)

수명을 더 오래 늘여 나간다는 뜻.

◙ 緣木求魚(연목구어)

나무 위에 올라가서 물고기를 구한다는 뜻으로, 곧 불가능한 일을 굳이 하려함을 이른다.

이는 제나라 선왕과 맹자의 대화 중에 나오는 말로, 선왕의 욕망을 깨우친 맹자의 대답에서 유래한다.

◙ 連戰連勝(연전연승)

싸울 때마다 계속 이긴다는 뜻.

◙ 連篇累牘(연편누독)

쓸데없이 문장만 장황함을 이름.

◙ 煙霞痼疾(연하고질)

자연을 사랑하고 여행을 즐기는 고질 같은 성벽.

◙ 悅口之物(열구지물)

입에 맞는 음식.

◙ 念念不忘(염념불망)

자꾸만 생각나서 잊지 못함.

◙ 恬淡退守(염담퇴수)

아무런 욕심도 의욕도 없이 소극적으로 자신의 본분만을 지키는 것.

◙ 斂膝端坐(염슬단좌)

무릎을 거두어 옷자락을 바로 잡고 단정히 앉음.

◙ 拈花示衆(염화시중)

서로의 마음과 마음이 말을 하지 않아도 통한다는 뜻으로, 이심전심(以心傳心), 심심상인(心心相印)과 같은 뜻이다.

◙ 氷訣終天(영결종천)

죽어서 영원히 이별함.

◎ 榮枯盛衰(영고성쇠)

사물의 성하고 쇠함이 서로 뒤바뀌는 현상.

◎ 零零碎碎(영령쇄쇄)

썩 잘게 부스러짐.

◎ 寧爲鷄口(영위계구)

큰 것에 붙어 사느니 작은 일이라도 책임자가 되라는 뜻.

◎ 禮勝則離(예승즉이)

예절이 너무 지나치면 도리어 사이가 멀어진다는 뜻.

◎ 禮儀凡節(예의범절)

일상 생활의 모든 예의와 절차를 이르르는 말.

◎ 禮義廉恥(예의염치)

예절과 의리와 청렴 및 부끄러움을 아는 태도.

◎ 梧桐喪杖(오동상장)

모친상을 당해 짚는 오동나무 지팡이.

◎ 梧桐一葉(오동일엽)

오동나무 잎사귀 하나를 보고 가을이 온 것을 안다는 뜻.

◎ 五里霧中(오리무중)

5리에 걸친 안개 속. 곧 무슨 일에 대하여 알 길이 막연함을 이르르는 말.

후한 중기의 장해(張楷)는 뛰어난 학자로 명성이 높았으나 끝내 벼슬길에 나가지 않고 산중에 은거하였다.

그런데 이 장해는 도술에도 뛰어나 오리무(五里霧)를 일으킬 수 있었는데, 삼리무(三里霧)를 일으키는 배우라는 인물이 나쁜 짓을 하다가 잡히자 장해로 부터 배운 기술이라 하여 장해는 옥에 갇히게 되었다. 그러나 결국은 무죄임이 판명되어 석방되어 70의 장수를 누렸다 한다.

요즘은 말 뜻이 변하여 마음이 갈팡 질팡 하여 어찌할 바를 모르는 것을 이르르게 되었다.

오 五馬作隊(오마작대)

마병(馬兵)이 행군할 때 5열 종대로 편성하는 것을 이름.

오 傲慢無道(오만무도)

태도나 행동이 건방지고 버릇이 없다는 뜻.

오 寤寐不忘(오매불망)

자나 깨나 잊지 않음을 의미함.

오 吾不關焉(오불관언)

나는 그 일에 상관하지 않음. 또는 그러한 태도.

오 吾鼻三尺(오비삼척)

내 코가 석자라는 뜻. 곧 곤경에 처하여 자기 일도 감당하기 힘든데 남을 돌볼 겨를이 있겠느냐는 뜻.

오 烏飛梨落(오비이락)

'까마귀 날자 배 떨어진다'는 속담과 같은 뜻. 아무런 관계도 없는데 우연히 때가 같음으로 인해서 오해받는 것을 이름.

오 五獸不動(오수부동)

닭·개·고양이·사자·범이 모이면 서로 무서워 하여 옴작달싹 못한다는 뜻으로, 각기 자기 세력 범위 속에서 서로를 견제하면서 자기 분수를 지키는 것을 이른다.

오 五矢五中(오시오중)

화살을 다섯 개 쏘아 다섯 번을 다 맞힘을 이름.

오 吳牛喘月(오우천월)

남방 오국(吳國)의 물소는 열(熱)을 두려워 하므로 달을 보고도 태양인가 겁을 집어먹고는 숨을 헐떡인다는 뜻으로, 어떤 사물에 극도로 겁내는 것을 의미한다.

吳越同舟(오월동주)

이는 「손자병법」에 나오는 말로, 오나라 왕 부차와 월나라 왕 구천은 오래된 숙적이나 그 양국 사람이 같은 배를 탔다가 중류에서 갑자기 바람을 만난다면 배가 전복되지 않게 하기 위해 서로 협력한다는 말이다. 곧 원수끼리더라도 같은 처지나 한 자리에 서로 놓이면 돕는다는 뜻.

烏有先生(오유선생)

실제로는 없는 가공의 인물.

五日京兆(오일경조)

오래 계속 되지 못하는 것을 비유하는 말.

烏鳥私情(오조사정)

까마귀가 자라면 어미에게 먹이를 물어다 먹인다는 말로, 부모를 봉양하는 것을 이름.

烏之雌雄(오지자웅)

까마귀의 암수를 구별하기 어렵다는 뜻. 곧 선악과 시비를 가리기 어려움을 이른다.

五風十雨(오풍십우)

닷새에 한 번씩 바람이 불고 열흘에 한 번씩 비가 온다는 뜻. 곧 기후가 순조로와 풍년이 들어 천하가 태평하다는 뜻.

烏合之卒(오합지졸)

갑자기 모인 훈련없는 군사를 지칭함. 오합지중(烏合之衆)이라고도 한다.

玉昆金友(옥곤금우)

옥 같은 형과 금 같은 아우라는 뜻으로, 남의 형제를 칭찬

할 때 쓰는 말이다.

玉骨仙風(옥골선풍)

살빛이 희고 고결하여 신선과 같은 풍채.

屋上架屋(옥상가옥)

지붕 위에 지붕을 얹는다는 뜻. 곧 부질없는 짓을 반복하는 것을 비유한다.

玉石俱焚(옥석구분)

옥과 돌이 함께 탐. 곧 선인과 악인이 함께 멸망한다는 뜻. 「서경」 하서 윤정편(胤征篇)에 '불이 곤강을 태우면 옥과 돌이 함께 탄다. 임금이 덕을 잃으면 그 피해는 사나운 불길보다 더 심할 것이다' 고 전하는 데서 유래한다.

屋下私談(옥하사담)

쓸데없는 사사로운 공론.

溫故知新(온고지신)

옛 것을 익히어 그것으로 미루어 새로운 것을 안다는 뜻.

溫故之情(온고지정)

옛 것을 살피고 생각하는 정회.

溫言順辭(온언순사)

온화하고 온순한 말씨.

溫凊定省(온청정성)

자식이 부모를 정성껏 봉양하는 것을 이름.

蝸角之爭(와각지쟁)

작은 나라끼리의 싸움을 일컬음. 곧 사소한 일로 실갱이하는 것.

臥席終身(와석종신)

자기 명대로 살다가 죽는 것을 뜻하는 말.

臥薪嘗膽(와신상담)

섶에 누워 자고 쓸개를 씹는다는 뜻. 곧 원수를 갚으려고 괴롭고 어려움을 참고 견딤을 비유한다.

중국 오나라 왕 부차(夫差)는 아버지 합려(闔閭)가 월왕인 구천(句踐)과 싸우다 부상당하여 죽자, 원수를 갚기 위해 거북한 섶위에서 잠을 자며 복수심을 길러 월왕 구천에게 신하가 된다는 항복을 받았다. 한편 구천은 오왕 부차에게 항복해 신하가 된 치욕을 씻고자 항상 곁에 쓸개를 매달아 놓고 그 쓸개를 핥으며 항복의 치욕을 되씹어 복수심을 길러 오의 부차를 쳐 항복받았다는 고사에서 유래한 말.

臥遊江山(와유강산)

산수화를 보며 즐김.

完久之計(완구지계)

완전하여 영구히 변치 않을 계교.

枉尺直尋(왕척직심)

작은 욕을 돌보지 않고 큰 일을 이룸.

矮者看戲(왜자간희)

난장이가 키 큰 사람들 틈에 끼어서 구경한다는 뜻. 곧 자신은 아무 것도 모르면서 남이 그렇다고 하니까 덩달아 부화하여 그렇다고 하는 것을 이른다.

畏首畏尾(외수외미)

남이 아는 것을 꺼리고 두려워한다는 뜻.

外柔內剛(외유내강)

겉은 부드러운 듯하나 속은 꿋꿋하고 굳음. 외강내유(外剛內柔)와 상대되는 말.

外諂內踈(외첨내소)

겉으로는 아첨하면서 속으로는 해치려 한다는 뜻. 구밀복검과 같은 말.

搖改不得(요개부득)

도무지 고칠 도리가 없음.

搖尾乞憐(요미걸련)

개가 꼬리를 흔들어 알짱거린다는 뜻으로, 아주 간사하고 아첨 잘하는 사람을 비유한다.

樂山樂水(요산요수)

산을 좋아하고 물을 좋아함.

이는 '지자요수(智者樂水) 인자요산(仁者樂山)'에서 유래하였다.

擾攘未定(요양미정)

정신이 혼미하여 결정하지 못함. 또는 나이가 어린 탓으로 뜻이 인정되지 못함을 이른다.

燎原之火(요원지화)

요원의 불길. 곧 들판의 불처럼 미처 막을 사이없이 무서운 기세로 퍼지는 세력을 뜻한다.

窈窕淑女(요조숙녀)

행실이 얌전하고 정숙한 여자.

搖之不動(요지부동)

흔들어도 꼼짝도 하지 않음.

欲巧反拙(욕교반졸)

잘 하자고 한 일이 오히려 잘못됨을 이름.

辱及父兄(욕급부형)

자제의 잘못이 부형까지 욕되게 함을 뜻함.

欲死無地(욕사무지)

죽으려 하여도 죽을 만한 곳이 없다는 뜻. 곧 매우 분하고 원통함을 이른다.

欲速不達(욕속부달)

일을 서두르면 되려 이루어지지 않는다는 뜻.

龍頭蛇尾(용두사미)

용의 머리에 뱀의 꼬리. 곧 출발은 요란한데 결말은 흐지부지 되어 좋지 않음을 비유.

龍味鳳湯(용미봉탕)

맛이 매우 좋은 음식을 이르는 말.

龍蛇飛騰(용사비등)

용이 하늘로 날아 오름. 곧 생동하듯 아주 활기있는 필력을 지칭함.

龍驤虎視(요양호시)

용처럼 날뛰고 호랑이 같은 눈초리로 본다는 뜻으로, 기세가 당당함을 이르르는 말.

勇往邁進(용왕매진)

온갖 어려움에 거리끼지 않고 용감하게 나아간다는 뜻.

用意周到(용의주도)

마음의 준비가 단단하여 전혀 빈틈이 없음.

用錢如水(용전여수)

돈을 물과 같이 흔하게 쓰는 것을 이름.

用之不渴(용지불갈)

아무리 써도 없어지지 않음을 뜻함.

容或無怪(용혹무괴)

혹 그럴 수도 있으므로 괴이할 것이 없다는 뜻.

愚公移山(우공이산)

아무리 힘든 일도 끊임없이 노력하면 마침내는 성공하게 된다는 뜻.

우공이란 노인이 태행산(太行山), 왕옥산(王屋山)으로 인하여 이웃과의 통행이 불편하여 그 산을 깎아 운반하기 시작하자, 천제가 우공의 진심에 감탄하여 그 두 산을 삭동과 옹남의 땅으로 옮겨 놓았다는 우화에서 유래한 고사성어.

◙牛踏不破(우답불파)

소가 밟아도 깨어지지 않는다는 뜻으로, 사물의 견고함을 비유함.

◙牛溲馬渤(우수마발)

소의 오줌과 말의 똥. 곧 소용없는 말이나 글, 또는 그런 물건을 비유한다.

◙優勝劣敗(우승열패)

우월한 자가 이기고 열등한 자가 진다는 뜻.

◙右往左往(우왕좌왕)

오른쪽으로 갔다 왼쪽으로 갔다 함. 곧 갈팡질팡 하는 것을 이름.

◙優柔不斷(우유부단)

우물쭈물 하며 결단을 내리지 못하는 것.

◙牛飮馬食(우음마식)

소와 말처럼 많이 먹고 마시는 것을 비유.

◙牛耳讀經(우이독경)

소 귀에 경 읽기. 즉 아무리 가르치고 일러 주어도 알아듣지 못함을 비유함. 마이동풍(馬耳東風)과도 유사한 말.

◙愚者一得(우자일득)

어리석은 사람이라 하더라도 여러 일을 하는 중에는 옳은 일도 있다는 뜻.

◙雨天順延(우천순연)

미리 정한 모임 당일에 비가 오면 그 다음 날로 순차 연기하는 일.

◙雨後竹筍(우후죽순)

비 온 뒤에 돋는 죽순처럼, 어떤 일이 한 때에 많이 일어남을 비유.

◙旭日昇天(욱일승천)

아침 해가 떠오르는 것처럼 세력이 성대함을 비유.

◙雲捲天晴(운권천청)

구름이 걷혀 하늘이 맑게 갠다는 뜻으로, 병이나 근심이 씻은 듯이 사라짐을 비유.

◙雲泥之差(운니지차)

썩 심한 차이를 이르르는 말로, 천지지차(天地之差)와 같은 뜻.

◙雲心月性(운심월성)

욕심이 없이 담박함을 뜻함.

◙雲霓之望(운예지망)

큰 가뭄에 구름과 무지개를 바라듯이 희망이 간절함을 비유하는 말.

◙雄唱雌和(웅창자화)

새의 암컷과 수컷이 의좋게 지저귄다는 뜻으로, 서로 손맞아 일을 하는 것을 이름.

◙遠交近攻(원교근공)

전국시대 진나라 범수(范雎)가 주장한 외교정책으로, 먼 나라와 친교를 맺어 이웃 나라를 치는 것을 이름.

◙ 遠莫致之(원막치지)

먼 곳에 있어서 올 수가 없음을 지칭함.

◙ 原不失手(원불실수)

실수를 하지 않도록 하는 방법.

◙ 元惡大憝(원악대대)

반역죄를 범한 사람.

◙ 鴛鴦之契(원앙지계)

원앙새는 암수가 서로 떨어지지 않고 지내는 새이니 만큼 항상 화목하고 동반하는 부부 사이를 이른다.

◙ 圓轉滑脫(원전활탈)

말이나 일의 처리가 모나지 않고 잘 변화하여 자유 자재함.

◙ 怨天尤人(원천우인)

하늘을 원망하고 사람을 탓함.

◙ 遠禍召福(원화소복)

화를 멀리 하고 복을 불러들임.

◙ 月滿則食(월만즉식)

달도 차면 기운다는 말. 곧 사람의 부귀영화도 끝이 있다는 뜻.

◙ 月章星句(월장성구)

문장이 아름답고 빛남을 칭찬하여 하는 말.

◙ 越俎之嫌(월조지혐)

자기의 직분을 넘어 남의 일에 간섭하는 것.

◙ 月態花容(월태화용)

달과 같은 태도와 꽃과 같은 모습. 즉 아름다운 여인의 비유.

月下老人(월하노인)

부부의 인연을 맺어준다는 노인.

爲國忠節(위국충절)

나라를 위한 충성스러운 절개.

危機一髮(위기일발)

조금의 여유도 없이 아슬아슬하게 닥친 절박한 순간.

危邦不入(위방불입)

위험한 곳에 들어가지 않는 것이 화를 면한다는 뜻.

危於累卵(위어누란)

계란을 쌓아 둔 것 처럼 위태로운 상태를 이름.

전국시대 진(晋) 나라의 영공(靈公)은 향락에 빠지어 백성들이 도탄에 빠져 있는 데도 불구하고 9층 돈대를 세우게 하였다. 그러나 신하들이 이를 제지할까 염려되어 미리 간하는 자는 목을 베겠노라고 명령을 내렸다.

이때 대부 순식은 나라의 곤궁함을 보다 못해 임금을 뵙고자 하여 아홉 개의 장기알을 받침대로 하여 그 위에 12개의 계란을 쌓아올리는 재주를 보이기 시작하였다. 그러자 영공도 계란이 쌓아올려질 때마다 놀라운 표정을 지으며 저도 모르게,

"아이구 저런, 위태로워! 위태로워!"

하면서 어쩔 줄을 몰라 했다. 그러자 순식은 말하였다.

"이것이 뭐 위태롭습니까? 이것보다 더 위험스런 것이 있읍니다."

"아니 더 위험스런 것이 있다니 그것이 무엇이오."

"9층 돈대를 세우노라 나라안이 어지러워 이웃 나라에서 우리 나라를 치고자 지략을 짜내고 있읍니다. 나라가 망하

느냐 홍하느냐가 달려 있는데 그 무엇이 더 위험스럽단 말씀이시옵니까?"

이에 영공은 크게 깨달은 바가 있어 돈대 세우는 것을 멈추도록 하였다 한다.

◙ 偉編三絶(위편삼절)

책을 맨 가죽 끈이 세 번 끊어졌다는 뜻으로, 되풀이 하여 열심히 책을 읽는 것을 의미한다.

공자가 만년에 역(易)에 심취하여 책의 가죽 끈이 세 번이나 끊어지기에 이르렀다는 고사에서 유래한다.

◙ 威風堂堂(위풍당당)

행동에 기세가 있고 훌륭한 것을 이름.

◙ 有脚陽春(유각양춘)

은혜를 베푸는 것이 마치 봄이 만물을 따뜻하게 함과 같음을 비유한 말.

◙ 有口無言(유구무언)

입이 있어도 말이 없다는 뜻으로, 변명이나 항변한 말이 없음을 비유한다.

◙ 有口不言(유구불언)

할 말이 있으되 사정이 거북하여 말을 하지 못한다는 뜻.

◙ 有難無難(유난무난)

있으나 없으나 곤란하다는 뜻.

◙ 柔能制剛(유능제강)

부드러운 것이 능히 강한 것을 이긴다는 뜻.

「노자」에 전하는 말을 인용해 보면,

'천하에서 유약하기로는 물에 지나는 것이 없다. 그러나 굳고 강한 것을 공격하는 데는 이보다 나은 것이 없는 것은,

물은 어떤 경우에도 손상을 받는 일이 없기 때문이다. 그러므로 약한 것이 강한 것에 이기고, 부드러운 것이 굳센 것에 이긴다는 것을 천하에서 알지 못하는 사람은 없건만, 능히 행하는 사람이 없다.'

柳綠花紅(유록화홍)

푸른 버들잎에 붉은 꽃. 곧 봄철의 아름다운 경치를 지칭한다.

流離乞食(유리걸식)

고향을 떠나 정처없이 떠돌아 다니며 빌어먹는 것. 유리개걸(流離丐乞) 이라고도 한다.

流離漂泊(유리표박)

일정한 집과 직업이 없이 정처없이 떠돌아다님.

類萬不同(유만부동)

많은 것이 서로 같지 않음. 또는 분수에 맞지 않음을 뜻함.

有名無實(유명무실)

이름만 있고 그 실상은 없다는 뜻.

有無相通(유무상통)

있고 없는 것을 서로 융통한다는 말.

流芳百世(유방백세)

꽃다운 이름이 후세에 오래 전함.

有不如無(유불여무)

있어도 없음만 못함. 곧 없는 것이 더 낫다는 뜻.

有備無患(유비무환)

어떤 일에 미리 준비가 있으면 근심이 없다는 말.

춘추시대 진나라 도공의 신하 사마위강의 일화에서 유래한 고사성어이다.

진나라가 정나라의 화친을 받아들이자 정나라에서 어여쁜 가희들을 선물로 받쳤다. 그러나 위강은 도공에게 다음과 같이 말하였다 한다.

"편안히 지낼 때는 항상 위태로움을 생각하고, 위태로움을 생각하게 되면 항상 준비가 있어야 하며, 준비가 있으면 근심과 재난이 없을 것입니다."

由奢入儉(유사입검)

사치를 떠나 검소하기에 힘씀.

有像無像(유상무상)

우주간에 존재하는 물체의 전부.

遊手徒食(유수도식)

아무 일도 하지 않고 놀고 먹는 것을 이름.

流水不腐(유수불부)

흐르는 물은 썩지 않는다는 뜻.

有數存焉(유수존언)

모든 일은 운수가 있어야 된다는 뜻.

有始無終(유시무종)

처음이 있고 끝이 없다는 뜻. 곧 일의 시작만 해놓고 결말을 보지 못하는 것을 의미한다.

有始有終(유시유종)

시작할 때부터 끝맺을 때까지 한결같이 변함이 없다는 뜻.

唯我獨尊(유아독존)

천상천하 유아독존(天上天下 唯我獨尊)의 준말로, 이 세상에서 자기가 제일 높다고 뽐내는 것을 이른다.

由我而死(유아이사)

나로 말미암아 죽었다는 말로, 자기로 인해 남이 피해를 입었을 때를 가르킨다.

由我之歎(유아지탄)

나로 말미암아 남이 피해를 입게 된 것을 뉘우치는 탄식.

有耶無耶(유야무야)

있는지 없는지 흐리멍텅한 모양.

猶魚有水(유어유수)

임금과 신하, 또는 부부의 사이가 매우 친밀함을 지칭하는 말.

流言蜚語(유언비어)

아무런 근거없이 널리 퍼진 풍문이나 헛소문.

猶爲不足(유위부족)

오히려 모자람.

唯唯諾諾(유유낙낙)

명령하는 대로 순종하고 응낙한다는 뜻.

類類相從(유유상종)

같은 것끼리 서로 내왕하며 사귄다는 말로, '초록은 동색,' 가재는 게 편이라' 와 동의어.

悠悠蒼天(유유창천)

한없이 멀고 푸른 하늘.

有意莫遂(유의막수)

마음은 간절해도 뜻대로 되지 않는 것을 이름.

遊衣遊食(유의유식)

일정하게 하는 일 없이 먹고 노는 것을 뜻함.

唯一無二(유일무이)

오직 하나뿐. 곧 둘이 아니라 하나라는 뜻.

有靦面目(유전면목)

무안한 빛이 얼굴에 나타남. 또는 그런 얼굴을 뜻함.

愉絶快絶(유절쾌절)

더없이 유쾌함을 이르르는 말.

有終之美(유종지미)

끝맺음을 잘하여 훌륭한 성과를 거둠을 이름.

遺珠之歎(유주지탄)

마땅히 등용되어야 할 인재가 빠져 한탄하는 일.

有贈盜物(유증도물)

아무리 없어도 도둑 줄 물건은 있다는 뜻.

有進無退(유진무퇴)

앞으로 나아가기만 하고 뒤로 물러가지 않는 것.

有妻娶妻(유처취처)

부인이 있는 사람이 또 부인을 얻는 것을 이름.

遺臭萬年(유취만년)

더러운 이름을 먼 후세에까지 끼침을 이름.

幽閑靜貞(유한정정)

여자의 덕이 높아 매우 얌전하고 점잖음을 이름.

有害無益(유해무익)

해는 있으되 이익은 없음.

肉頭文字(육두문자)

육담(肉談)으로 된 말. 곧 상스런 말.

陸地行船(육지행선)

육지로 배를 저으려 한다는 뜻. 곧 되지 않는 일을 억지로 하고자 하는 것을 이름.

殷鑑不遠(은감불원)

멸망의 전례는 멀지 않다는 뜻으로, 다른 사람의 실패를 자신의 거울로 삼으라는 말.

이는 주(周)의 서백(西伯)이 걸왕(桀王)의 사치를 막기 위해 간한 말로써 「시경」 '탕(蕩)'이라는 시 속에 전한다.

恩反爲仇(은반위구)

은혜가 도리어 원수가 된다는 뜻.

恩威並行(은위병행)

은혜와 위험을 아울러 행함.

隱忍自重(은인자중)

마음 속에 감추어 참고 견디면서 신중하게 행동함. 인지위덕(忍之爲德)이라고도 한다.

陰德陽報(음덕양보)

남 모르게 덕을 쌓으면 후일 복을 받게 된다는 뜻.

飮藥自處(음약자처)

독약을 먹고 자살함. 곧 음독 자살.

吟風弄月(음풍농월)

맑은 바람과 밝은 달에 대하여 시를 짓고 즐겁게 놈.

飮河滿腹(음하만복)

많은 물이 있어도 마시는 분량은 배를 채울 정도에 지나지 않다는 뜻으로, 제 분수에 맞게 살라는 경계의 말.

應天順人(응천순인)

하늘의 뜻에 응하고 민의(民意)에 순종한다는 말.

衣錦夜行(의금야행)

비단옷 입고 밤길을 가면 보아주는 사람이 없다는 말로, 부귀를 누린 후에도 타향에 머물고 고향에 돌아가지 않는 것을 비유한다.

초(楚)의 항우가 진(秦)을 멸하고 초로 떠나려 할 때 주위

의 사람이 말하기를,

"이곳은 험한 산천이 에워싸 천험의 땅일 뿐 아니라 토질이 비옥하니 이 곳을 서울로 정하시고 천하를 다스림이 좋을 듯 하옵니다."

그러자 항우는,

"모처럼 부귀를 얻고 고향에 돌아가지 않는다면, 이는 비단옷 입고 밤길 걷는 것과 같다. 과연 그 누가 알아 주겠는가?"

하였다 한다.

의 意氣相投(의기상투)

마음이 서로 맞는다는 말로, 의기투합이라고도 한다.

의 意氣銷沈(의기소침)

의기가 쇠하여 사그러짐. 의기저상(意氣沮喪)이라고도 한다.

의 意氣揚揚(의기양양)

뜻대로 되어 득의한 마음이 얼굴에 나타나는 것.

의 義同一室(의동일실)

한 집 식구 처럼 정의가 두터움.

의 倚閭之望(의려지망)

자녀가 돌아오기를 기다리는 어머니의 마음. 의문이망(倚門而望)이라고도 함.

의 疑事無功(의사무공)

의심을 하며 일을 하면 이루어지는 일이 하나도 없다는 뜻.

의 依數當然(의수당연)

거짓인 줄 뻔히 알면서도 그런대로 묵인한다는 말.

이 異口同聲(이구동성)

여러 사람의 말이 한결같음.

履屐俱當(이극구당)

맑은 날엔 신으로 쓰이고, 궂은 날엔 나막신으로 쓰인다는 뜻으로, 온갖 재주를 모두 갖추어 못하는 일이 없음을 비유함.

利己主義(이기주의)

남을 돌보지 않고 자기의 이익만을 차려 멋대로 행동하는 것.

以卵擊石(이란격석)

알로 돌을 친다는 뜻으로, 약한 것으로 강한 것을 당해 내어 저항함을 비유함.

異路同歸(이로동귀)

가는 길은 달라도 귀착점은 같다는 뜻으로, 방법은 틀리나 결과가 같음을 비유하는 말.

裏面不知(이면부지)

어떤 일의 속 내용을 모르는 것.

二毛之年(이모지년)

센 털이 나기 시작하는 나이. 곧 35살를 지칭함.

以貌取人(이모취인)

얼굴만 보고 사람을 골라 가리거나 씀.

以文會友(이문회우)

학문으로 친구를 사귀는 것을 뜻함.

以民爲天(이민위천)

백성을 하늘 같이 소중히 여긴다는 말. 곧 치국의 근본.

已發之矢(이발지시)

쏘아 놓은 화살. 곧 이왕 시작한 일은 중지하기 어렵다는 뜻.

利不利間(이불리간)

이가 되든지 해가 되든지간에.

二姓之合(이성지합)

성이 다른 두 남녀가 혼례를 이루는 일. 곧 결혼.

以少淩長(이소능장)

어린 사람이 어른에게 대하여 무례히 행동하는 것.

以小易大(이소역대)

작은 것을 가지고 큰 것과 바꿈.

以食爲天(이식위천)

사람이 삶을 영위하는 데 먹는 것이 가장 소중하다는 뜻.

頤神養性(이신양성)

마음을 가다듬어 고요하게 정신 수양하는 것.

以實直告(이실직고)

사실 그대로를 말하는 것.

以心傳心(이심전심)

말이나 글로써 전해지지 못하는 것이 마음에서 마음으로 전해짐을 이름.

석가모니께서 영취산에서 설법할 때, 연꽃을 따서 제자들에게 보이셨는데, 제자들은 그 뜻을 헤아릴 수 없어서 가만히 있었다. 그러나 가섭만이 그 뜻을 깨닫고 미소를 지었다. 이에 석가모니께서 이렇게 말씀하셨다 한다.

"나에게 정법안장(正法眼藏)·열반묘심(涅槃妙心)·실상무상(實相無相)·미묘법문(微妙法門)·불립문자(不立文字)·교외별전(敎外別傳)이 있노니, 이를 가섭에게 전하리라."

以熱治熱(이열치열)

열은 열로써 다스린다는 말로, 힘은 힘으로써 물리침을 뜻함.

🅾二律背反(이율배반)

서로 모순되는 두 개의 명제가 한 행동이나 사건 속에 동등한 권리를 가지고 주장되는 일.

🅾以蚓投魚(이인투어)

미물인 지렁이도 물고기가 좋아하듯, 보잘 것 없는 것이라 하더라도 다 쓸모가 있다는 뜻.

🅾以一警百(이일경백)

한 가지 작은 일로써 큰 일의 본보기로 삼아 경계함.

🅾以長補短(이장보단)

다른 사람의 장점을 보고 자기의 단점을 고침.

🅾頤指氣使(이지기사)

턱으로 가르켜 시키고, 기색이나 몸짓으로 부린다는 뜻. 곧 자기 마음대로 남을 부리는 것을 의미한다.

🅾以指測海(이지측해)

손가락을 가지고 바다의 깊이를 측정한다는 뜻으로, 매우 우둔함을 비유한다.

🅾移風易俗(이풍역속)

풍속이 개량됨을 이름.

🅾利害得失(이해득실)

이해와 득실. 곧 이해와 손해와 얻음과 잃음.

🅾利害相半(이해상반)

이익과 손해가 반반씩 맞선다는 뜻.

🅾利害打算(이해타산)

이익과 손해 관계를 따져서 셈하는 것.

益者三友(익자삼우)

사귀어서 유익한 세 가지의 벗. 곧 정직한 사람·신의 있는 사람·지식이 있는 사람을 지칭한다.

因果應報(인과응보)

사람이 행한 좋은 일에는 좋은 결과가 따르고, 나쁜 일에는 나쁜 결과가 따른다는 말로, 사람이 짓는 선악의 인과에 응하여 그에 마땅한 과보가 있다는 말.

人鬼相半(인귀상반)

죽을 당시에는 그 형상이 어느 정도 귀신같이 됨.

人棄我取(인기아취)

남이 버리는 것을 자신은 거두어 쓴다는 뜻.

人面獸心(인면수심)

얼굴은 사람이나 그 속이 짐승과 다름없이 흉악무도한 사람.

人命在天(인명재천)

사람의 삶과 죽음은 하늘에 매여 있다는 말.

人謀難測(인모난측)

사람의 마음은 간사하여 가히 측량하기 어렵다는 뜻.

人非木石(인비목석)

사람은 모두 희노애락의 감정을 지니고 있지 목석이 아니라는 뜻.

人事不省(인사불성)

의식을 잃어서 제 정신이 아님.

人死留名(인사유명)

사람은 죽어도 삶이 헛되지 않으면 이름이 남는다는 뜻.

人山人海(인산인해)

헤아릴 수 없을 만큼 많은 사람이 모임을 뜻함.

人生無常(인생무상)

인생의 덧없음을 이르르는 말.

人性本善(인성본선)

사람의 본성은 원래 착하다는 뜻.

人心所關(인심소관)

사람의 마음에 따라 각기 그 취의가 달리됨을 뜻함.

因噎廢食(인열폐식)

목이 메어 음식을 먹지 않는다는 말. 곧 사소한 장애를 꺼려 큰 일을 그만 두는 것을 비유함.

因人成事(인인성사)

남의 힘으로 어떤 일을 이룸을 뜻함.

춘추 전국 시대 조나라가 진의 침입을 받아 위기에 빠졌을 때 평원군이 초와 힘을 합쳐 이를 물리치려 하였다.

그러나 초나라 조정이 한나절이 지나도록 아무런 결정을 내리지 못하고 있자, 평원군의 한 수행원 모수가 초 국왕을 설득하고 조약 체결을 하기에 이르렀다. 모수는 나머지 수행원들에게 다음과 같이 크게 말하였다 한다.

"여러분들은 그저 일행으로 좇아와서 남의 힘을 빌어 일을 이룩한 사람들입니다."

仁者無敵(인자무적)

어진 사람은 모든 사람이 그를 따르므로 적이 없다는 말.

人衆勝天(인중승천)

사람이 많으면 가히 하늘도 이길 수 있다는 뜻. 곧 많은 힘이 모이면 이루지 못할 일이 없다는 말.

人中之末(인중지말)

사람 가운데 제일 못난 사람.

人之常情(인지상정)

사람이 보통 가질 수 있는 인정.

忍之爲德(인지위덕)

매사에 잘 참는 것이 덕이 된다는 뜻.

因忽不見(인홀불견)

언뜻 보이다가 곧 사라짐.

咽喉之地(인후지지)

매우 요긴한 요새의 땅.

一刻千金(일각천금)

극히 짧은 시각도 천금과 같이 귀중하다는 뜻.

一擧兩得(일거양득)

한 가지의 일을 하여 두가지 이익을 본다는 뜻.

전국시대에 한(韓)과 위(魏)는 1년 이상 계속 싸우고 있었다. 그리하여 진(秦)의 혜왕은 그 어느 쪽을 돕고자 하여 조정의 대신들과 의논을 하였으나 끝내 일치를 보지 못했다. 그러자 진진(陳軫)이란 사람이 나와 혜왕에게 '일거양득'의 이야기를 함으로써 혜왕은 두나라를 멸망시켰다.

一擧一動(일거일동)

'일거수 일투족'이라고도 한다.

손을 한 번 들고 발을 한 번 옮긴다는 뜻. 곧 매우 사소한 동작.

日高三丈(일고삼장)

아침 해가 높이 떴음.

一口難說(일구난설)

한 마디로 이루 다 설명할 수 없음.

日久月深(일구월심)

날이 오래고 달이 깊어진다는 말로, 골똘히 바라는 것을 의미함.

一口二言(일구이언)

한 입으로 두 말을 한다는 뜻. 일구양설(一口兩說) 이라고도 함.

一氣呵成(일기가성)

단숨에 문장을 짓는다는 뜻. 곧 일을 단숨에 처리하는 것을 의미한다.

一騎當千(일기당천)

한 사람의 기병이 천 사람을 당해낸다는 말로 무예가 썩 뛰어남을 이른다.

一念不生(일념불생)

모든 생각을 초월한 것을 뜻함.

一念通天(일념통천)

마음만 한결같이 먹고 노력하면 하늘에 감동되어 이루어진다는 뜻.

一刀兩斷(일도양단)

칼로 쳐서 두 동강이를 내듯 무슨 일을 선뜻 결정한다는 것.

一得一失(일득일실)

한 번은 이득을 보고 한 번은 손해를 본다는 뜻.

一覧輒記(일람첩기)

한 번 보면 잊지 않는다는 말로, 기억력이 좋다는 뜻.

一路邁進(일로매진)

한 길로만 똑바로 나아가는 것.

◙ 一網打盡(일망타진)

한꺼번에 모두 잡음.

◙ 一脈相通(일맥상통)

성격·솜씨·처지 등이 서로 통한다는 것.

◙ 一面如舊(일면여구)

처음 만난 사람들이 옛 친구처럼 친밀함을 이름.

◙ 一鳴驚人(일명경인)

한 번 일을 시작하면 세상 사람들이 깜짝 놀랄 만큼 성과를 올리는 것을 이름.

제의 위왕이 주색에 취해 나라의 위급이 앞을 다투게 되자 말 잘하고 익살스러워 임금의 총애를 받던 순우곤이 하루는 왕을 찾아가 다음과 같은 수수께끼를 내었다.

"우리 나라에 큰 새가 한 마리 있는데, 지금 성상께서 계시는 나무 위에 앉은지 삼년이 되도록 날지도 않고 울지도 않는데, 성상께서는 이 새가 왜 그러신다고 생각하십니까"

그러자 위왕은 그 새가 자기를 가르킴을 직감하고는,

"그 새 말인가? 그대 순우곤은 몰라서 그런데, 그 새가 날지 않아 그렇지 한 번 날게 되면 장차 하늘을 찌를 것이고, 울지를 않아 그렇지 한 번 울게 되면 장차 사람들을 놀라게 할 것이라네."

하며, 그 후로는 주색을 끊고 정치에 힘써 국력을 크게 신장하였다 한다.

◙ 日暮途窮(일모도궁)

날은 저물고 갈 길은 막혔다는 뜻. 곧 나이는 들어 늙었지만 앞으로 할 일이 아직도 많다는 것을 비유함.

◙ 一目瞭然(일목요연)

한 번 보고도 똑똑하게 알 수 있다는 뜻.

일 一無可取(일무가취)

하나도 취할 만한 것이 없다는 뜻.

일 一飯之德(일반지덕)

밥 한 술 정도의 은덕. 곧 아주 작은 은덕.

일 一夫從事(일부종사)

한 남편만을 섬김.

일 一臂之力(일비지력)

매우 조그마한 힘.

일 一嚬一笑(일빈일소)

한 번 찡그리고 한 번 웃음. 곧 얼굴에 나타나는 감정의 변화를 이름.

일 一絲不亂(일사불란)

질서나 체계가 정연하여 조금도 어지러운 데가 없음.

일 一瀉千里(일사천리)

강물의 물살이 빨라, 한 번 흘러 천리 밖에 다다른다는 뜻. 곧 사물이 거침없이 진행되는 것.

일 一石二鳥(일석이조)

돌팔매질을 할 때 하나의 돌로 두 마리의 새를 잡는다는 말로, 한 가지 일로 두 가지 이득을 얻는 것을 이름.

일 一樹百穫(일수백확)

현량한 인재를 길러 많은 효과를 얻음.

일 一視同仁(일시동인)

모든 사람을 평등하게 보아 모두 사랑하는 것.

일 一身兩役(일신양역)

한 몸으로 두 가지 일을 맡아 하는 것.

一身千金(일신천금)

한 몸이 천금에 해당한다는 말로, 사람의 몸은 귀하고 중함을 이른다.

一心同體(일심동체)

한마음 한몸. 곧 밀접하고 굳은 결속.

一心專力(일심전력)

한 마음으로 온 힘을 다 기울이는 것.

一魚濁水(일어탁수)

한 마리의 물고기가 물을 흐리게 하니, 곧 한 사람의 잘못으로 여러 사람이 그 피해를 입게 됨을 비유한다.

一言可破(일언가파)

여러 말을 하지 않고 한 마디로 잘라 말해도 곧 판단이 될 수 있음.

一言居士(일언거사)

무슨 일이든지 한 마디씩 참견하지 않으면 마음을 놓지 못하는 사람. 즉 말 참견을 매우 좋아하는 사람을 지칭한다.

一言半句(일언반구)

한 마디의 말과 한 구의 말. 곧 매우 짧은 말.

一言之下(일언지하)

한 마디로 잘라 말하는 것.

一葉知秋(일엽지추)

나뭇잎 하나로 가을이 옴을 안다는 뜻으로, 한 가지 일을 보고 장차 될 일을 미리 아는 것을 이른다.

一葉片舟(일엽편주)

하나의 조그만 조각배.

日用凡百(일용범백)

날마다 쓰는 모든 물건들.

일 一牛鳴地(일우명지)

한 마리 소의 울음소리가 들릴 정도의 거리. 곧 매우 가까운 거리.

일 一以貫之(일이관지)

한 이치로써 모든 일을 꿰뚫음.

이는 공자와 자공의 문답에서 유래하는데, 공자가 자공에게 말했다.

"너는 내가 많은 것을 배워 그것들을 기억하고 있는 사람이라 생각하느냐?"

"네. 그렇게 생각합니다."

"아니다. 나는 하나로써 모든 것을 꿰뚫느니라."

일 一日三秋(일일삼추)

하루가 3년 같다는 뜻으로, 몹시 지루하거나 애타게 기다리는 것을 비유한다.

일 一長一短(일장일단)

장점도 있고 단점도 있다.

일 一場春夢(일장춘몽)

한바탕의 봄 꿈처럼 헛된 영화. 남가일몽(南柯一夢), 백일몽(百日夢)과 같은 의미.

일 一場風波(일장풍파)

한바탕의 심한 야단이나 싸움.

일 一朝一夕(일조일석)

하루 아침·하루 저녁과 같은 짧은 시간을 비유.

일 一知半解(일지반해)

하나쯤 알고 반쯤 깨달음. 곧 아는 것이 매우 적다는 뜻.

일 一陣狂風(일진광풍)

한바탕 부는 바람.

일 日進月步(일진월보)

날로 진보 발전하는 것.

일 一進一退(일진일퇴)

한 번 나아갔다가 한 번 물러섬. 곧 나아갔다 물러났다 함.

일 一觸即發(일촉즉발)

한 번 스치기만 하면 곧 폭발함. 곧 사소한 것으로도 폭발할 것 같은 몹시 위험한 상태.

일 一寸光陰(일촌광음)

매우 짧은 시간.

일 日就月將(일취월장)

날로 날로 더 나아지는 것.

일 一敗塗地(일패도지)

한 번 여지없이 패하여 다시는 일어설 수 없게 됨.

일 一片丹心(일편단심)

한 조각 붉은 마음. 곧 충성된 마음.

일 一筆難記(일필난기)

하나의 붓으로 이루 다 기록할 수 없음.

일 一筆揮之(일필휘지)

한숨에 줄기차게 글씨를 써 내려가는 것.

일 一呼百諾(일호백락)

한 사람이 소리를 외치면 여러 사람이 이에 따름.

일 一攫千金(일확천금)

한번에 많은 재산을 얻음.

일 一喜一悲(일희일비)

기쁘고 슬픈 일이 번갈아 일어나는 것.

臨渴掘井(임갈굴정)

목이 말라서야 우물을 팜. 곧 준비가 없이 일을 당하고서야 허둥지둥 서두르는 것.

臨機應變(임기응변)

그때 그때 일의 형편에 따라 변통성 있게 처리함.

臨農奪耕(임농탈경)

농사 지을 무렵에 경작하는 사람을 바꾸는 것. 곧 이미 다 마련된 것을 빼앗음을 뜻한다.

任大責重(임대책중)

임무가 크고 책임이 무거움.

臨時變通(임시변통)

갑자기 생긴 일을 우선 간단하게 처리해 두는 것.

臨戰無退(임전무퇴)

싸움터에 임하여 물러가지 않음.

任重道遠(임중도원)

책임은 중하고 길은 멀다는 뜻.

臨陣易將(임진역장)

어떤 일에 닥쳐 숙달된 사람과 서투른 사람을 바꿈.

任賢使能(임현사능)

인재를 등용하는 것.

入山忌虎(입산기호)

산에 들어가서 호랑이 잡을 것을 피함. 곧 정작 목적한 바를 당하면 지레 겁먹고 꽁무니를 뺀다는 뜻.

立身揚名(입신양명)

출세하여 이름을 날리는 것.

自家撞着(자가당착)

자기가 한 말이나 글의 앞뒤가 서로 모순되는 것.

自強不息(자강불식)

스스로 힘써 행하여 쉬지 않음.

刺客奸人(자객간인)

마음씨가 몹시 모진 사람.

自激之心(자격지심)

자기가 한 일에 대해 스스로 미흡하게 여기는 마음. 자곡지심(自曲之心)이라고도 한다.

自過不知(자과부지)

제 허물을 제가 알지 못함.

自愧之心(자괴지심)

스스로 부끄러워 하는 마음.

藉口之端(자구지단)

핑계삼을 만한 것.

自給自足(자급자족)

자기의 수요를 자기가 생산하여 충당함.

自勞而得(자로이득)

자기의 노력으로 얻음.

子莫執中(자막집중)

융통성이 없는 사람.

춘추 전국 시대의 자막이 중용(中庸)만을 지켰다는 것에서 유래한다.

自問自答(자문자답)

제가 묻고 제가 대답한다는 것.

自上達下(자상달하)

위에서부터 아래에까지 미침.

自繩自縛(자승자박)

제 새끼로 제 목을 맨다는 뜻. 곧 제 마음씨나 행동으로 자기가 괴로움을 당하는 것을 이름.

自勝之癖(자승지벽)

제가 남보다 나은 줄로만 여기는 마음.

自業自得(자업자득)

제가 지은 일의 과오를 제가 받음.

自然淘汰(자연도태)

자연계의 한 질서로, 환경에 적응하지 못하면 없어진다는 것.

字字珠玉(자자주옥)

글자마다 주옥이라는 뜻. 곧 필법이 매우 뛰어나다는 말.

自作之孼(자작지얼)

제 스스로 때문에 생긴 재앙.

自將擊之(자장격지)

스스로 군사를 거느리고 나가 싸운다는 뜻. 곧 어떤 일을 함에 남의 손을 빌리지 않고 제 스스로 한다는 의미.

自全之計(자전지계)

자신의 안전을 도모하는 꾀.

自中之亂(자중지란)

자기네 패 속에서 일어나는 싸움.

自賤拜他(자천배타)

제 것을 천시하고 남의 것을 숭상함.

自初至終(자초지종)

처음부터 끝까지 이르는 동안.

自取其禍(자취기화)

제게 재앙될 일을 스스로 취함.

自他共認(자타공인)

자기나 남들이 모두 인정함.

自暴自棄(자포자기)

스스로 포기하여 행동이나 말을 되는 대로 마구 취하고 자신을 돌보지 않음.

이는「맹자」에 전하는 말로 다음과 같다.

'스스로 자기를 해치는 사람(自暴者)과는 더불어 대화를 나눌 수 없으며, 스스로 자기를 포기하는 사람(自棄者) 과는 더불어 행동할 수 없다.'

自行自止(자행자지)

제 스스로 하고 싶으면 하고, 하기 싫으면 마는 것.

自畵自讚(자화자찬)

제가 그린 그림을 제 스스로 칭찬한다는 뜻으로, 제가 한 일을 스스로 자랑함을 이른다.

昨今兩年(작금양년)

작년과 금년.

昨今兩日(작금양일)

어제와 오늘.

昨非今是(작비금시)

경우가 바뀌어 어제 비(非)라고 했던 것이 오늘 시(是) 라고 생각함.

作舍道傍(작사도방)

길가에 집을 지으려 할 때 왕래하는 사람들의 의견이 분분하여 결정을 내리지 못하는 것. 곧 주견이 없이 남의 의견에만 좇으면 실패한다는 비유.

勺水不入(작수불입)

음식을 조금도 먹지 못함.

作心三日(작심삼일)

억지로 먹은 마음 사흘도 못 간다는 뜻으로, 결심이 굳지 못함을 비유함.

作之不已(작지불이)

끊임없이 힘을 다하여 함.

棧豆之戀(잔두지련)

사소한 이익에 연연함을 이름.

殘杯冷肴(잔배냉효)

변변치 못한 주안상.

殘月曉星(잔월효성)

새벽 달과 새벽 별.

殘忍薄行(잔인박행)

잔인하고도 야박스런 행위.

殘人害物(잔인해물)

사람에게 잔인하게 굴고 물건을 해침.

暫不離側(잠불리측)

잠시도 곁을 떠나지 않음.

潛蹤秘跡(잠종비적)

종족을 아주 감춤.

將功贖罪(장공속죄)

공을 세워 죄를 씻음.

長計就計(장계취계)

저편의 계략을 미리 알아내어 이를 이용하는 계교.

長久之計(장구지계)

사업의 장래를 생각하는 계획.

腸肚相連(장두상련)

서로 협력하여 해나감.

藏頭隱尾(장두은미)

일의 전말을 똑똑히 밝히지 않고 숨기는 것.

張三李四(장삼이사)

이름이나 신분이 평범한 사람을 지칭하는 말.

중국에서 흔한 성인 장씨의 세째 아들과 이씨의 네째 아들이라는 뜻에서 온말.

將相之材(장상지재)

장수나 재상이 될 만한 인재.

長長夏日(장장하일)

길고도 긴 여름날.

場中得失(장중득실)

시험장에서 잘 하는 사람도 낙방하는 때가 있고, 못하는 사람도 급제할 때가 있듯이 일이 뜻하는 대로 이루어지지 않음을 이른다.

즉 거의 잘 되던 일이 뜻대로 되지 않음을 뜻함.

長兄父母(장형부모)

맏형의 지위는 부모와 같다는 뜻으로, 맏형이 부모와 같이 집안과 아랫사람을 돌보는 것을 비유한다.

在家無日(재가무일)

바삐 돌아다니느라고 집에 있는 날이 없음.

再起不能(재기불능)

다시 일어날 힘이 없음.

再生之人(재생지인)

죽을 고비를 겪은 사람.

在所難免(재소난면)

벗어나기가 어려움.

才勝德薄(재승덕박)

재주는 있으나 덕이 적음.

才子佳人(재자가인)

재주 있는 젊은 남자와 아름다운 여자.

才子多病(재자다병)

재주가 있는 남자는 병이 많음.

再造之恩(재조지은)

거의 멸망된 것을 구원하여 도와준 은혜.

在下道理(재하도리)

웃어른을 섬기는 도리.

積苦兵間(적고병간)

여러 해를 두고 전쟁터에서 종사함.

適口之餠 (적구지병)

입에 맞는 떡.

積德累仁 (적덕누인)

어진 덕이 널리 세상에 미침.

賊反荷杖 (적반하장)

도둑이 오히려 매를 든다는 뜻으로, 잘못한 사람이 도리어 잘한 사람에게 시비나 트집을 잡아 덤비는 것을 비유하여 이른다.

赤貧無依 (적빈무의)

몹시 구차한 데다 의지할 곳마저 없음.

적빈여세(赤貧如洗)는 씻는 듯이 가난함을 이른다.

積小成大 (적소성대)

작은 것이 모여 큰 것이 된다는 뜻으로, '티끌 모아 태산'과 같은 뜻.

赤手空拳 (적수공권)

맨손과 빈 주먹, 곧 아무것도 지닌 것이 없다는 뜻.

赤手成家 (적수성가)

아무 것도 지닌 것이 없는 사람이 맨손으로 가산을 이룸을 뜻함.

赤繩繫足 (적승계족)

혼인을 정하는 것을 이름.

積失人心 (적실인심)

여러가지로 인심을 많이 잃음.

寂然無聞 (적연무문)

조용하고 괴괴하여 소문이 전혀 없음.

寂然不動 (적연부동)

아주 조용하여 동요되지 않음.

積羽沈舟(적우침주)

새의 깃털도 많이 쌓이면 배를 침몰 시킨다는 뜻으로, 작은 힘이라 할지라도 모이면 큰 힘이 된다는 것.

赤子之心(적자지심)

갓난 아이처럼 거짓없는 마음.

適材適所(적재적소)

적당한 인재를 적당한 지위에 쓴다는 말.

傳家之寶(전가지보)

조상 때부터 대대로 내려오는 보배.

前鑑昭然(전감소연)

거울을 보는 듯이 앞의 일이 환하게 밝음.

電光石火(전광석화)

극히 짧은 시간이나 그러한 동작.

前途洋洋(전도양양)

앞 길이 넓어 발전성이 매우 큰 모양.

前無後無(전무후무)

전에도 없었고 앞으로도 없음.

田夫之功(전부지공)

어부지리(漁夫之利)와 같이 힘들이지 않고 이익을 본다는 뜻.

前事勿論(전사물론)

지나간 일의 시비는 논할 필요가 없음.

前生緣分(전생연분)

전생에서 맺은 인연.

全身不隨(전신불수)

중풍에 걸려 온 몸을 마음대로 쓰지 못하는 것.

專心致志(전심치지)

딴 생각은 하지 않고 오직 그 일에만 마음을 씀.

全人教育(전인교육)

편벽된 것이 아닌 지덕체를 겸비한 인간 형성 교육.

前人未踏(전인미답)

이제까지의 세상 사람 그 누구도 해보지 못함.

專任責成(전임책성)

오직 남에게 맡겨 그 책임을 지게 함.

戰戰兢兢(전전긍긍)

매우 두려워하여 벌벌 떨며 조심함.

輾轉反側(전전반측)

누워서 이리 뒤척 저리 뒤척하며 잠을 이루지 못함.

원래는 아름다운 여인을 사모하여 잠못 이루는 것을 이르던 말로, 「시경」 주남(周南)의 관저(關雎)에 전한다.

求之不得(구지부득)
寤寐思服(오매사복)
悠哉悠哉(유재유재)
輾轉反側(전전반측)

구하여도 안 되기에
자나 깨나 그 생각.
끝없어라 내 마음
잠 못들어 뒤치락거리네.

前程萬里(전정만리)

나이가 젊어서 장래가 매우 유망함.

◙ 轉敗爲功(전패위공)

실패를 이용하여 도리어 공을 세움.

◙ 轉禍爲福(전화위복)

화가 바뀌어 오히려 복이 된다는 뜻. '새옹지마'와 뜻이 같다.

◙ 前後左右(전후좌우)

앞뒤와 왼쪽과 오른쪽. 곧 사방.

◙ 折骨之通(절골지통)

매우 견디기 어려운 고통.

◙ 絶世佳人(절세가인)

이 세상에는 견줄 만한 사람이 없을 정도의 미인.

◙ 絶人之力(절인지력)

남보다 뛰어난 힘. 절인지용(絶人之勇)과 유사.

◙ 絶長補短(절장보단)

긴 것을 끊어 짧은 것을 보충함. 곧 잘 되거나 넉넉한 부분에서 못 되거나 부족한 것을 알맞게 맞춘다는 뜻.

◙ 切磋琢磨(절차탁마)

옥돌을 쪼고 갈아서 빛을 내듯 학문과 덕행을 닦는 것.

이는「시경」위풍(衛風)의 '기오(淇奧)'라는 싯구 중 '如切如磋 如琢如磨'에서 유래하여 오늘날에 전한다.

◙ 折衝禦侮(절충어모)

적을 쳐부셔 나를 업신 여기던 마음을 꺾고 두려워하게 함.

◙ 切齒腐心(절치부심)

몹시 분하여 이를 갈고 속을 썩인다는 뜻으로, 절치액완(切齒扼腕)과도 유사한 의미.

絶海孤島(절해고도)

육지에서 아주 멀리 떨어진 외딴 섬.

漸入佳境(점입가경)

점점 재미있는 경지로 들어감.

接待等節(접대등절)

손님을 접대하는 모든 예절.

精金美玉(정금미옥)

인품·시문 따위가 아름답고 깨끗함.

正當防衛(정당방위)

부당한 침해에 대해서 자신을 보호하기 위하여 취하는 부득이한 가해 행위.

頂門金椎(정문금추)

정신을 차리도록 깨우치는 말.

頂門一鍼(정문일침)

정수리에 침을 놓는다는 말로, 따끔한 충고를 이름.

定省温凊(정성온청)

자식의 부모에 대한 예의.

正松五竹(정송오죽)

소나무는 정월에, 대나무는 오월에 옮겨 심어야 한다는 말. 정송오죽(淨松汚竹)은 소나무는 깨끗한 땅에, 대나무는 지저분한 땅에 심어야 한다는 뜻.

正心工夫(정심공부)

마음을 가다듬어 배워 익히는데 힘씀.

情外之言(정외지언)

가까이 지내는 사람에게 함부로 구는 말.

井底之蛙(정저지와)

우물 안 개구리. 즉 소견이 좁고 세상 형편을 모르는 사람을 비유한다.

황하의 신인 하백(河伯)과 북해의 신인 약(若)의 대화에서 유래한 말로, 하백이 북해에 이르러 동해를 보며 감탄하자, 약이 다음과 같이 말했다 한다.

"우물 안 개구리가 바다를 말 할 수 없는 것은 자기가 살고 있는 우물에만 웅크리고 있기 때문이다. 여름 철 벌레에게 얼음을 말할 수 없는 것은 여름 밖에 생각하지 않기 때문이다…"

正正當當(정정당당)

태도가 정대하고 떳떳함.

正正方方(정정방방)

사리가 발라서 조금도 흐트러짐이 없음.

堤潰蟻穴(제궤의혈)

개미 구멍으로 인해 큰 제방이 무너짐.

濟世安民(제세안민)

세상을 구제하고 백성을 편안하게 함.

濟濟多士(제제다사)

훌륭한 많은 선비.

濟濟蹌蹌(제제창창)

몸가짐이 정숙하고 질서가 정연함.

諸行無常(제행무상)

우주 만물은 항상 돌고 돌아 한 모양으로 있지 않음.

糟糠之妻(조강지처)

구차하고 곤경스러울 때부터 고생을 함께 해온 아내.

후한 광무제 때의 송홍(宋弘)은 정직하고 의리가 있는 사람이어서 마침내 대사공(大司空)에까지 오르게 되었다.

하루는 광무제가 일찌기 과부가 된 누님을 위해 송홍에게 말을 하였다.

"속담에 '귀해지면 친구를 바꾸고 부유해지면 아내를 바꾼다'는 말이 있는데, 이런 것이 인지상정이라고 생각지 않으시오?"

그러자 송홍이 대답하기를,

"그렇지 않습니다. 빈천할 때에 사귀던 친구를 잊어서는 안되며, 조강지처는 당에서 내려오지 않는다고 들었습니다."

◙朝改暮變(조개모변)

아침에 고치고 저녁에 또 바꿈.

◙助傑爲惡(조걸위악)

못된 사람을 부추기어 악행을 하게 함. 조걸위학(助傑爲虐)이라고도 한다.

◙早孤餘生(조고여생)

어려서 어버이를 잃고 자란 사람.

◙朝東暮西(조동모서)

아침에는 동쪽, 저녁에는 서쪽. 곧 정한 곳이 없이 이리저리 옮겨 다님을 뜻함.

◙朝得暮失(조득모실)

얻은 지 얼마 안되어 잃어 버림.

◙朝令暮改(조령모개)

아침에 내린 명령을 저녁에 고침. 곧 변덕이 심하여 종잡을 수 없다는 뜻. 조변석개(朝變夕改), 고려공사삼일(高麗公事三日), 변덕이 죽 끓듯 하다와 같은 뜻.

◙朝名市利(조명시리)

명성을 원하는 자는 조정에서 놀고, 이익을 원하는 자는 시장에서 논다는 말로, 무슨 일이든 적당한 곳에서 함이 옳다는 뜻.

朝發夕至(조발석지)

아침에 떠나 저녁에 도착함.

朝變夕改(조변석개)

아침 저녁으로 뜯어 고친다는 말.

朝不慮夕(조불려석)

당장을 걱정할 뿐 앞일을 돌아볼 겨를이 없음.

朝三暮四(조삼모사)

간사한 꾀로 어리석은 사람을 농락함을 이르는 말.

송나라때의 저공(狙公)은 원숭이를 기르고 있었는데, 그는 원숭이의 뜻을 알고, 원숭이 또한 그의 마음을 알아차렸다.

그런데 갈수록 먹이가 부족해지자 원숭이에게 도토리를 아침에 3개, 저녁에 4개를 주겠다고 하니 원숭이들은 골을 내었다. 그리하여 저공은 아침에 4개, 저녁에 3개씩을 주겠다고 제안을 하니 원숭이들은 사실은 같은데도 불구하고 엎드려서 기뻐하였다는 우화에서 유래한다.

早喪父母(조상부모)

어려서 부모를 잃음.

措手不及(조수불급)

일이 썩 급하여 손을 댈 겨를이 없음.

彫心鏤骨(조심누골)

마음에 새기고 뼈에 사무침. 즉 몹시 고심한다는 뜻.

鳥足之血(조족지혈)

새 발의 피. 즉 필요한 양에 비해 매우 적은 분량.

彫蟲小技(조충소기)
문장을 지을때 너무 글귀만을 수식하는 것.

造化無窮(조화무궁)
신통하게 일어나는 변화가 끝이 없음.

足反居上(족반거상)
아래 될 것이 위가 되듯이 사물이 거꾸로 뒤집힘.

足不履地(족불리지)
발이 땅에 닿지 않을 정도로 급히 도망한다는 뜻.

存亡之秋(존망지추)
존재하느냐 멸망하느냐의 절박한 때. 백척간두와 같은 뜻.

存本取利(존본취리)
돈이나 곡식을 꾸어주고 해마다 이자만 받는 것.

尊卑貴賤(존비귀천)
지위·신분 등의 높고 낮음과 귀하고 천함.

存羊之義(존양지의)
허례허식을 버리지 못하고 보존하는 일.

存而不論(존이불론)
그대로 두어 시비를 더 이상 따지지 않음.

種瓜得瓜(종과득과)
오이를 심으면 오이를 얻는다는 말. 곧 원인이 있으면 반드시 결과가 따른다는 뜻.

終歸一轍(종귀일철)
종국에는 서로 같음.

從多數決(종다수결)
다수자의 의견에 따라 결정함.

終無消息(종무소식)

끝끝내 아무런 소식이 없음.

終生免疫(종생면역)

한 번 앓은 병에 대해서는 평생 면역이 되는 것.

終須一別(종수일별)

언제 어디서 이별하나 이별하기는 마찬가지.

終身之計(종신지계)

한평생 몸 바쳐 일할 계획.

즉 인재를 양성하는 일을 가르킴.

從心所欲(종심소욕)

마음에 하고 싶은 대로 좇아 함.

從互所好(종호소호)

제 좋아하는 바에 따라 좇아 하는 것.

終而復始(종이부시)

어떤 일을 끝내기가 바쁘게 잇따라 다시 시작함.

蹤迹不知(종적부지)

간 곳을 알 수가 없음.

終天之通(종천지통)

세상에 더 할 수 없는 극한적인 슬픔.

縱橫無礙(종횡무애)

자유 자재하여 거리낄 것이 없는 상태.

縱橫無盡(종횡무진)

자유 자재하여 거리낄 것이 없이 마음대로 함.

座見千里(좌견천리)

앉아서 천리를 본다는 뜻으로, 멀리 앞을 내다봄을 의미함.

左顧右眄(좌고우면)

왼쪽을 돌아보고 오른쪽을 살핀다는 말로, 이쪽저쪽을 돌아본다는 뜻.

坐不安席(좌불안석)

마음에 불안·근심이 생겨 한군데에 진득하게 앉아 있지 못함.

左思右考(좌사우고)

이리저리 생각하여 헤아림.

座席未煖(좌석미난)

좌석이 따뜻해질 겨를이 없다는 말로, 이사를 자주 다님을 뜻한다.

左授右捧(좌수우봉)

즉석에서 당장 교역함.

坐食山空(좌식산공)

벌지 않고 먹기만 하면 산더미 같은 큰 재산도 결국 없어지고 만다는 뜻.

左右起居(좌우기거)

일체의 기거하는 동작.

左右挾攻(좌우협공)

양쪽에서 쳐들어가며 공격함.

坐而待死(좌이대사)

썩 궁핍하여 어찌하는 수 없이 운명에 맡김.

坐井觀天(좌정관천)

우물 안에 앉아서 하늘을 본다는 말로, 견문이 좁다는 의미.

左之右之(좌지우지)

제 멋대로 처리함.

左遮右欄(좌차우란)

있는 힘을 다해 이리저리 막아냄.

◙ 左衝右突(좌충우돌)

저리저리 마구 찌르고 치고 받음.

◙ 罪業妄想(죄업망상)

자신이 죄 많은 사람이라고 생각하는 것.

◙ 罪重罰輕(죄중벌경)

죄는 무거운 데 형벌은 가볍다는 뜻.

◙ 罪中又犯(죄중우범)

형 중인데도 또 죄를 지음.

◙ 主客一致(주객일치)

주체와 객체가 하나가 된다는 말로, 물심일여(物心一如)와 같은 뜻.

◙ 主客顚倒(주객전도)

주인과 손님의 위치가 바뀜. 곧 사물의 경중·선후·완급 등이 서로 바뀜.

◙ 晝耕夜讀(주경야독)

낮에는 밭 갈고 밤에는 글을 읽음. 곧 가난을 극복하고 어렵게 공부함을 뜻함.

◙ 主權在民(주권재민)

나라의 주권은 국민에게 있다는 말.

◙ 晝短夜長(주단야장)

낮은 짧고 밤은 긴 동지 무렵.

◙ 走馬加鞭(주마가편)

달리는 말에 채찍질 하기. 곧 정진하는 사람이 더 잘 되어 가도록 부치기거나 격려하는 것.

◙ 走馬看山(주마간산)

말을 타고 달리면서 산을 본다는 뜻. 곧 바빠서 자세히 보지 못하고 지나치는 것.

◙晝伏夜行(주복야행)

낮에 숨었다가 밤에 길을 감.

◙酒不雙杯(주불쌍배)

술 마실 때 술잔의 수효가 짝수가 되는 것을 피함.

◙晝思夜夢(주사야몽)

낮에 생각하였든 것이 밤에 꿈이 된다는 말.

◙走尸行肉(주시행육)

몸은 살았어도 죽은 것과 같이 아무런 소용이 없는 사람.

◙晝夜汨沒(주야골몰)

밤낮없이 일에 파묻힘. 주야불식(晝夜不息)과 상대되는 말.

◙做作浮言(주작부언)

터무니 없는 말을 억지로 지어 냄.

◙走獐落兎(주장낙토)

노루를 쫓다가 토끼를 얻었다는 말로, 뜻밖의 이익을 얻음을 뜻한다.

◙主酒客飯(주주객반)

주인은 손님에게 술을 권하고, 손님은 주인에게 밥을 권한다는 말로, 주객이 다정하게 먹음을 뜻함.

◙舟中敵國(주중적국)

내 편이라 하더라도 곧 적이 될 수 있다는 뜻.

◙酒池肉林(주지육림)

술의 못과 고기의 숲. 곧 호사스런 술잔치.

이는 역대의 폭군으로 알려진 은(殷)의 주왕(紂王)이 달기(妲己)를 옆에 끼고 호화스런 방탕생활을 했다는 고사에서 유래.

走逐一般(주축일반)

다 같이 옳지 못한 짓을 한 바엔 남을 책망하는 사람이나 책망받는 사람이나 똑같다는 뜻.

走坂之勢(주판지세)

급한 산비탈을 달리듯이 사람의 힘으로 어찌할 수 없어 되는 대로 내버려 두는 일.

竹頭木屑(죽두목설)

대나무 조각과 나무 부스러기. 곧 아무런 소용이 없는 하찮은 물건.

竹馬故友(죽마고우)

어렸을 때의 친한 벗.

대나무로 말 비슷하게 만든 것에 걸터서서 놀던 옛 친구란 뜻으로, 어릴 때부터 친하게 놀며 자란 친구를 이른다.

竹帛之功(죽백지공)

이름을 청사에 남길 만한 공적.

衆寡不敵(중과부적)

적은 수효로 많은 수의 적을 대적하지 못함.

즉 쌍방의 세력 차이가 매우 큰 것을 뜻한다.

衆口難防 (중구난방)

뭇사람의 입을 막기 어려움.

衆口鑠金(중구삭금)

뭇 사람의 입이 쇠를 녹인다는 말로, 여러 사람의 말은 무섭다는 뜻.

中途改路(중도개로)

일을 하다가 중도에서 바꾸는 것. 일을 하다가 중도에서 그만두는 것을 중도이폐(中途而廢)라 한다.

中無所主(중무소주)

줏대가 없음.

重言復言(중언부언)

한 번 한 말을 자꾸 반복하는 것.

衆人所視(중인소시)

중인환시(衆人環視)라고도 함. 여러 사람이 보는 가운데.

至公至平(지공지평)

지극히 공평함.

地廣人稀(지광인희)

땅은 넓은데 사람이 드물다는 뜻.

至窮且窮(지궁차궁)

더할 수 없이 곤궁함.

至近之地(지근지지)

썩 가까운 곳을 이르는 말로, 지근지처(至近之處)라고도 한다.

志氣相合(지기상합)

두 사람의 뜻이 서로 맞는 것. 지기투합과 같은 말.

舐犢之愛(지독지애)

부모가 자식을 생각하는 사랑이 어미소가 송아지를 핥아 주는 사랑과 같다는 말로, 지독지정(舐犢之情)이라고도 한다.

指東指西(지동지서)

근본에는 손을 못 대고 딴 것을 가지고 이러쿵 저러쿵 엉뚱한 소리를 함.

芝蘭之交(지란지교)

벗 사이의 깨끗하고도 고상한 교제.

指鹿爲馬(지록위마)

웃사람을 농락하여 권세를 마음대로 함. 또는 이치에 맞지 않는 것을 끝까지 우겨 남을 속이는 것을 이름.

진시황이 죽자 환관 조고(趙高)는 제위에 오른 황제 호해(胡亥)에게 엉뚱한 생각을 품고 반기할 생각으로 주위의 조정 대신들의 반응을 보고자, 황제에게 사슴을 바치고 말이라고 우겼다. 이에 주위의 모든 군신이 조고의 비위를 거슬리지 않으려고 '말'이라고 했다는 고사에서 유래한다.

支離滅裂(지리멸렬)

갈가리 어지럽게 흩어져 갈피를 잡을 수 없음.

芝焚蕙嘆(지분혜탄)

동류(同数)의 재앙은 자신에게도 근심이 된다는 뜻.

志滿意得(지만의득)

바라는 대로 되어 마음이 흡족함.

至死不屈(지사불굴)

죽을 때까지 자기의 주장을 굽히지 않음.

至誠感天(지성감천)

정성이 지극하면 하늘도 감동한다는 말.

池魚籠鳥(지어농조)

못 속의 고기와 새장 속의 새처럼 자유롭지 못함.

止於至善(지어지선)

「대학」에 전하는 삼강의 하나로, 지극히 착한 경지.

池魚之殃(지어지앙)

못물로 불을 끄면 물이 말라 물고기가 말라 죽듯, 상관없는 재앙으로 해를 입는 것.

止於止處(지어지처)

정처없이 어디든지 이르는 곳에서 머물러 잠.

知遇之感(지우지감)
자기의 인격·학식을 잘 알아서 후히 대접해 줌에 대한 감격하는 마음.

至冤極痛(지원극통)
몹시 원통함.

知恩報恩(지은보은)
남의 은혜를 알고 그 은혜를 갚음.

知而不知(지이부지)
알면서 모른체 함.

指日可期(지일가기)
훗날에 일이 성공할 것을 믿음.

至再至三(지재지삼)
두 번 세 번.

知情不告(지정불고)
남의 죄상을 알고 있으면서도 고발하지 않음.

至精至微(지정지밀)
지극히 정밀함.

知足不辱(지족불욕)
분수를 지키는 사람은 욕되지 않음.

咫尺之地(지척지지)
매우 가까운 곳.

知彼知己(지피지기)
손자의 병서(兵書)에 전하는 말로, 적을 알고 나를 알면 백 번 싸운다 해도 위태로울 것이 없다 하였다.

紙筆硯墨(지필연묵)
종이·붓·벼루·먹.

◙指呼之間(지호지간)

손짓해 부를 만큼 가까운 거리.

◙直往邁進(직왕매진)

주저하거나 겁내지 않고 곧장 나아가는 것.

◙陣談陋說(진담누설)

자꾸 되풀이하여 길게 늘어놓는 말.

◙珍羞盛饌(진수성찬)

맛이 좋고 많이 잘 차린 음식.

◙眞贋莫辨(진안막변)

진짜와 가짜를 가려내기 어려움.

◙盡日之力(진일지력)

하루 종일 맡은 업무에 힘을 씀.

◙眞知的見(진지적견)

정확하고 확실한 견문.

◙陳陳舊債(진진구채)

아주 오래 묵은 빚.

◙盡忠報國(진충보국)

충성을 다하여 나라의 은혜에 보답하는 마음.

◙盡忠竭力(진충갈력)

충성을 다하고 있는 힘을 다 바침.

◙進退兩難(진퇴양난)

앞으로 나아갈 수도 뒤로 물러설 수도 없는 상황.

진퇴유곡(進退維谷)이라고도 한다.

◙塵合泰山(진합태산)

티끌 모아 태산. 작은 것도 많이 모이면 나중에 크게 된다는 뜻으로, 집소성대(集小成大)와 같은 말.

◙且問且答(차문차답)

한편으로 묻고 한편으로는 대답함.

◙差先差後(차선차후)

앞서기도 하고 뒤서기도 함.

◙此日彼日(차일피일)

오늘 내일.

◙借廳入室(차청입실)

남에게 의지하고 있다가 후에는 그의 권리마저 침범함을 비유하는 말.

◙此頉彼頉(차탈피탈)

이 핑계 저 핑계.

◙借虎威狐(차호위호)

호랑이의 위엄을 빌린 여우란 뜻으로, 권세있는 사람을 배경삼아 뽐내는 것.

◙着足無處(착족무처)

발을 붙이고 설 자리가 없다는 말로, 의지할 곳이 없음을 의미한다.

察察不察(찰찰불찰)

지나치게 살피는 것이 도리어 살피지 못한 것과 같다는 말로, 너무 세밀하여도 실수를 하게 된다는 뜻.

慘不忍見(참불인견)

너무나 참혹하여 차마 눈으로 볼 수가 없음. 참불가언(慘不可言)은 너무 참혹하여 말할 수 없는 것을 뜻함.

參差不齊(참치부제)

길고 짧거나 들쑥날쑥하여 가지런하지 않음.

滄浪自取(창랑자취)

좋은 말을 듣건 나쁜 말을 듣건 그것은 모두 자기의 잘잘못에 달렸다는 뜻.

滄桑之變(창상지변)

푸른 바다가 변하여 뽕나무밭이 된다는 말로, 세상의 변화가 매우 심한 것을 비유한다. 즉 상전벽해.

昌言正論(창언정론)

매우 적절하고 정당한 언론.

倉卒之間(창졸지간)

급작스러운 순간.

滄海一粟(창해일속)

넓은 바다에 좁쌀 하나. 즉 광대한 것 속에 있는 극히 작은 물건이나 보잘 것 없는 존재.

滄黃罔措(창황망조)

너무 급하여 어찌할 수가 없음.

冊床退物(책상퇴물)

책상 물림. 즉 글 공부만 하여 산 지식이 없고 세상 형편에 어두운 사람.

妻城子獄(처성자옥)

처자를 거느리게 되면 집안 일에 얽매이어 자유로이 활동할 수 없다는 뜻.

處世之術(처세지술)

세상을 살아가는 태도나 방법.

尺山尺水(척산척수)

높은 곳에서 멀리 산수를 볼 때 작게 보임을 일컫는 말.

尺寸之功(척촌지공)

얼마 안되는 공로.

千客萬來(천객만래)

많은 손님이 번갈아 찾아옴.

川渠張溢(천거창일)

비가 많이 와서 개천물이 넘쳐 흐름.

淺見薄識(천견박식)

얕은 견문과 지식.

天高馬肥(천고마비)

하늘은 높고 말이 살찐다는 뜻으로, 가을이 썩 좋은 계절임을 이른다.

千苦萬難(천고만난)

온갖 고난.

千古不朽(천고불후)

언제까지나 썩지 않음.

天空海闊(천공해활)

하늘과 바다가 탁 트인 것처럼 몹시 크고 넓음.

千軍萬馬(천군만마)

천 명의 군사와 만 필의 말. 곧 썩 많은 병마를 뜻함.

千慮一失(천려일실)

지혜로운 사람이라 할지라도 생각중에 간혹 잘못된 생각이 있다는 말. 천려일득(千慮一得)과 상대되는 말.

千里同風(천리동풍)

천리까지 같은 바람이 분다는 뜻으로, 태평한 세상.

天無淫雨(천무음우)

하늘에서 궂은 비가 내리지 않는다는 말로, 태평한 시대를 지칭한다.

千方百計(천방백계)

온갖 꾀.

天方地軸(천방지축)

못난 사람이 종작없이 덤벙이는 것. 또는 너무 바빠서 방향을 잡지 못하고 허둥지둥 내닫는 모양을 이름. 천방지방(天方地方)이라고도 한다

天崩地壞(천붕지괴)

하늘이 무너지고 땅이 꺼짐.

天崩之痛(천붕지통)

하늘이 무너지는 듯한 아픔이라는 뜻으로, 임금이나 아버지의 상사로 인한 슬픔을 이른다.

千思萬考(천사만고)

여러 가지로 생각한다는 말로, 천사만량(千思萬量)과 비슷한 의미.

天生配匹(천생배필)

하늘에서 미리 마련하여 준 배필.

千緖萬端(천서만단)

수없이 많은 일의 갈피.

◙泉石膏肓(천석고황)

고치기 어려운 병처럼 굳어버린 산수(山水)를 사랑하는 마음.

◙天旋地轉(천선지전)

세상 일이 크게 변함.

◙千辛萬苦(천신만고)

온갖 신고. 즉 여러 가지 어려운 일을 당해 무한히 애를 쓰는 고심.

◙天壤之差(천양지차)

하늘과 땅 사이의 차이와 같은 엄청난 차이.

◙千言萬語(천언만어)

수없이 많은 말.

◙天佑神助(천우신조)

하늘이 돕고 신이 도움.

◙天衣無縫(천의무봉)

문장이 자연스럽고 훌륭하여 손댈 곳이 없을 만큼 잘 되어있음을 이름.

태원(太原)에 사는 곽한(郭翰)이 어느 여름날 밤 뜰안의 평상에 누워 하늘을 올려보는 데, 하늘 한 모퉁이에서 여인들이 내려와 그의 앞을 섰다. 그중 한 여인은 마치 하늘의 선녀와 같았다. 그녀가 곽한에게 말했다.

"저는 하늘에 사는 직녀이옵니다. 너무나 쓸쓸하여 이같이 내려왔읍니다."

곽한이 가까이 가서 살펴 보니 옷에 꿰맨 자욱이 없었다. 그리하여 물으니 선녀가 말하기를, '하늘의 옷은 원래 바늘과 실로 꿰매는 것이 아닙니다' 하였다 한다.

天人共怒(천인공노)

누구나 분노할 만큼 가증스러움.

千仞斷崖(천인단애)

천 길이나 되는 높은 낭떠러지.

千姿萬態(천자만태)

여러 가지 맵시와 많은 모양.

天長地久(천장지구)

하늘과 땅은 영구히 변함이 없다는 뜻.

千載一遇(천재일우)

천 년에나 한 번 만날 수 있을까 하는 어려운 기회.

天井不知(천정부지)

물가가 자꾸 오름을 이르는 말.

天之亡我(천지망아)

아무 허물이 없이 저절로 망함.

天眞爛漫(천진난만)

아무런 꾸밈없이 천진 그대로 나타나는 것. 천진무구(天眞無垢)와 유사한 말.

千差萬別(천차만별)

여러 가지 사물이 모두 차이가 있고 구별이 있다는 뜻.

千斬萬戮(천참만륙)

수없이 베어 참혹하게 죽이는 것.

天奪其魄(천탈기백)

넋을 잃음. 즉 본성을 잃었다는 뜻.

千態萬象(천태만상)

천차만별인 상태.

千篇一律(천편일률)

사물의 변화가 없고 비슷비슷한 것. 또는 여러 시문의 격조가 변화없이 엇비슷한 것을 뜻함.

天必厭之(천필염지)

하늘은 몹쓸 사람을 반드시 미워하여 벌을 줌.

天下一品(천하일품)

이 세상에는 비교할 수 있는 것이 없을 정도로 뛰어난 물건.

天寒白屋(천한백옥)

추운 날에 가난한 집. 즉 몹시 가난한 집.

天顯之親(천현지친)

부모·형제간 등의 천륜의 지친.

撤家逃走(철가도주)

가족을 모조리 데리고 도망함.

徹頭徹尾(철두철미)

처음부터 끝까지 투철하다는 뜻으로, 사리가 밝고 확실하여 철저한 모양을 지칭한다.

鐵石肝腸(철석간장)

쇠나 돌같이 굳고 단단한 마음. 철심석장(鐵心石腸) 이라고도 한다.

徹天之寃(철천지원)

하늘에 사무치는 크나큰 원한. 철천지한(徹天之恨)이라고도 한다.

喋喋利口(첩첩이구)

말을 거침없이 잘 하는 것.

晴耕雨讀(청경우독)

갠 날은 논밭을 갈고 비 오는 날은 책을 읽는다는 말로, 부지런히 일하며 공부하는 것을 뜻함.

◙ 清廉潔白 (청렴결백)

성품이 고결하고 재물을 탐하는 마음이 없음.

◙ 青山流水 (청산유수)

막힘없이 말을 잘한다는 뜻.

◙ 清心寡慾 (청심과욕)

마음을 깨끗이 하여 욕심을 적게 함.

◙ 青雲之志 (청운지지)

뜻이 고결하고 덕이 있다는 뜻.

이는 장구령(張九齡)의 「조경견백발(照鏡見白髮)」 이라는 싯구에서 유래한 말로, 그가 현종을 섬겨 재상에 있다가 중상에 몰려 파직당했을 때의 감개를 읊은 것이라 한다.

◙ 聽而不聞 (청이불문)

듣고도 못들은 체 한다는 말로, 청약불문(聽若不聞)이라고도 한다.

◙ 青天霹靂 (청천벽력)

맑은 하늘에 벼락. 곧 뜻밖에 일어난 큰 사건.

◙ 青出於監 (청출어람)

제자가 스승보다 뛰어나다는 말.

君子曰 學不可以已. 青出於藍 而青於藍 氷水爲之 而寒於水.

군자가 말하기를 학문이란 그쳐서는 안된다. 푸른 물감이 쪽에서 나왔지만 쪽빛보다 푸르고 얼음이 물로 이루어졌지만 물보다 차다.

즉 면학을 계속하면 스승을 능가하는 학문의 경지에 도달한다는 뜻.

草露人生(초로인생)

풀 끝에 맺힌 이슬과 같은 인생. 즉 덧없는 인생.

草綠同色(초록동색)

서로 같은 무리끼리 어울린다는 뜻.

草莽之臣(초망지신)

벼슬에 나아가지 않고 초야에 묻혀 사는 사람.

草網着虎(초망착호)

썩은 새끼로 범 잡기. 곧 엉터리 없는 짓을 이르는 말.

初面江山(초면강산)

처음 보는 타향.

草木同腐(초목동부)

할 일을 못하고 초목처럼 썩는다는 말로, 이름을 날리지 못하고 세상을 떠남을 비유한다. 초목구후(草木俱朽) 라고도 한다.

焦眉之急(초미지급)

눈썹에 불이 붙는 것같이 매우 위급한 것을 이름.

장산(藏山)에 있던 법천불혜선사(法泉佛慧禪師)가 만년에 대상국지해선사(大相國智海禪寺)의 주지로 취임하라는 칙명을 받고 고민하다가 다른 승들을 모아 놓고 그 의견을 물었으나 아무도 대답을 하지 않았다 한다. 이에 선사는 게(偈)를 써놓고 앉은 채 숨을 거두었다고 한다.

그 게의 내용은 다음과 같다.

門, '如何是急切一句.' 師曰, '火燒眉毛.'

결국 초미지급은 게의 '火燒眉毛'가 변하여 된 말로, 위급한 경우를 뜻하게 되었다.

◙初不得三(초부득삼)

첫번에 실패한 것이 세번째는 성공한다는 뜻으로, 꾸준히 노력하면 결국은 성공할 수 있다는 말.

◙焦心苦慮(초심고려)

마음을 태우며 몹시 염려함.

◙稍蠶食之(초잠식지)

차츰차츰 침노하여 개먹어 들어감.

◙楚材晋用(초재진용)

초나라 인재를 진나라에서 쓴다는 말로, 자기 나라 인재를 다른 나라에서 이용함을 이른다.

◙初志一貫(초지일관)

처음에 먹은 마음을 끝까지 밀고 나감.

◙觸目傷心(촉목상심)

사물이 눈에 보이는 대로 마음이 아픔.

◙觸處逢敗(촉처봉패)

가서 부딪치는 곳마다 낭패를 당함.

◙寸善尺魔(촌선척마)

좋은 일은 아주 적고 언짢은 일이 많다는 뜻.

◙寸田尺土(촌전척토)

얼마 안 되는 전토.

◙寸進尺退(촌진척퇴)

진보는 적고 퇴보는 많다는 말로, 얻은 것에 비해 잃은 것이 많음을 비유.

◙寸鐵殺人(촌철살인)

조그만 쇳동강이로 살인한다는 뜻으로, 간단한 말로 사람의 마음을 감동시킴을 비유한다.

이는 나대경(羅大經)의 「학림옥로(鶴林玉露)」에 전하는 말로, 범인(凡人)들은 사람을 죽이려 할 때 수레에 병기를 가득 싣고 와서, 차례차례 그것들을 집어들어 휘두르곤 하지만, 그런 태도로서는 사람을 죽이지 못한다. 나는 조그만 쇳동강이를 가지고도 사람을 죽일 수 있다.

결국 이 말은 깨달음을 이르는 말인데.오늘날에는 날카로운 경구를 이르는데 쓰이게 되었다.

◙ 村村乞食(촌촌걸식)

마을마다 다니며 빌어먹는다는 뜻.

◙ 塚中枯骨(총중고골)

무덤 속의 마른 뼈란 뜻으로, 핏기없이 뼈만 남은 사람을 이름.

◙ 秋高馬肥(추고마비)

가을 하늘이 높고 말이 살찐다는 말로, 가을이 썩 좋은 절기임을 이른다.

이는 당나라 시인 두보의 할아버지인 두심언(杜審言)이 친구인 소미도가 참군(參軍)으로 삭북(朔北) 땅에 있을 때 하루 빨리 장안(長安)으로 돌아올 것을 바라는 마음에서 지은 「증소미도(贈蘇味道)」에서 유래한다.

◙ 秋霜烈日(추상열일)

가을의 찬 서리와 여름의 뜨거운 해와 같이 형벌이 엄하고 권위가 있음을 비유한다.

◙ 秋風落葉(추풍낙엽)

가을 바람에 흩어져 떨어지는 낙엽. 곧 세력 등이 낙엽처럼 시들어 떨어짐을 비유.

秋毫不犯(추호불범)

마음이 매우 청렴하여 조금도 남의 것을 해하지 않음.

追悔莫及(추회막급)

지난 일은 뉘우쳐도 소용이 없다는 뜻.

春雉自鳴(춘치자명)

봄 꿩이 스스로 울어 죽음을 자초한다는 말로, 묻지 않는 말을 스스로 발언하여 화를 자초하는 것을 뜻함.

春風秋雨(춘풍추우)

봄바람과 가을비. 즉 지나간 세월.

春寒老健(춘한노건)

봄 추위와 늙은이의 건강. 즉 오래가지 못하는 것을 비유.

出家外人(출가외인)

시집간 딸은 남과 다름이 없다는 뜻.

衝目之杖(춘목지장)

눈을 찌를 막대기. 곧 남을 해칠 악한 마음.

忠言逆耳(충언역이)

충직한 말은 귀에 거슬려 불쾌하다는 뜻.

忠孝兼全(충효겸전)

충성과 효도를 모두 겸함. 충효쌍전·충효양전 이라고도 한다.

取其所長(취기소장)

그 가진 바 장점을 골라서 쓴다는 뜻.

取捨選擇(취사선택)

취할 것은 취하고 버릴 것은 버려서 골라 잡음.

醉生夢死(취생몽사)

취한 듯 살다가 꿈인양 죽음. 즉 아무 의미 없이, 이룬 일도 없이 한 평생을 흐리멍텅하게 살아감을 비유한다.

◙ 聚精會神(취정회신)

전 신경을 한 군데로 모음.

◙ 取禍之本(취화지본)

재앙을 가져오는 근본.

◙ 惻隱之心(측은지심)

불쌍히 여겨서 언짢아 하는 마음.

맹자가 말한 사단의 하나로, 맹자는 인간의 본성이 선하다고 보고 이 선한 마음을 확충해 가는 것이 인간의 도리로 여겼다.

◙ 層層侍下(층층시하)

부모·조부모가 다 살아있는 시하.

◙ 七顚八起(칠전팔기)

일곱 번 넘어지고 여덟 번 일어난다는 뜻으로, 수없이 실패해도 꺾이지 않고 다시 분투하여 일어남을 뜻함.

◙ 七顚八倒(칠전팔도)

일곱 번 구르고 여덟 번 거꾸러진다는 뜻.

◙ 七縱七擒(칠종칠금)

촉(蜀)의 제갈량(諸葛亮)이 맹획을 일곱번 잡았다가 일곱번 놓아 주었다는 고사에서 유래한 말로, 무슨 일을 제 마음대로 할 수 있음을 뜻한다.

◙ 沈默多智(침묵다지)

아무 말도 하지 않고 있으나 지혜는 많다는 뜻.

◙ 針小棒大(침소봉대)

바늘을 몽둥이 라고 말하듯, 작은 일을 크게 허풍떨어 얘기하는 것을 이름.

随其術中(타기술중)

남의 간사한 술책에 떨어짐.

他山之石(타산지석)

「시경」 소아(小雅)의 「학명」이라는 시중에서 나오는 말로, 다른 산에서 캔 나쁜 돌도 자기의 구슬을 가는 데에 숫돌로써 쓸 수 있다는 뜻이다. 즉 다른 사람의 하찮은 언행도 자기의 지덕을 연마하는데 도움이 된다는 의미.

卓上空論(탁상공론)

실천성이 없는 허황된 의논.

呑牛之氣(탄우지기)

소를 삼킬 정도의 장대한 기상.

彈指之間(탄지지간)

손가락을 튀길 사이. 즉 세월이 매우 빠름을 의미함.

坦坦大路(탄탄대로)

평평하고 넓은 길. 즉 장래가 아주 유망하다는 뜻.

彈丸之地(탄환지지)

적국에 포위되어 공격의 대상이 되는 아주 좁은 땅.

貪官汚吏(탐관오리)

탐욕이 많고 행실이 깨끗하지 못한 관리.

貪權樂勢(탐권낙세)

권세를 탐냄.

貪多務得(탐다무득)

욕심이 많아 많은 것을 탐낸다는 뜻.

蕩滌敍用(탕척서용)

죄명을 씻어주고 다시 벼슬에 올려 씀.

蕩蕩平平(탕탕평평)

어느 쪽에도 치우치지 않음.

太剛則折(태강즉절)

너무 세거나 빳빳하면 부러지기 쉽다는 말로, 지나치게 단단한 사람은 도리어 실수를 하기 쉽다는 뜻.

泰山北斗(태산북두)

세상 사람들로부터 우러러 존경을 받는 사람. 또는 어떤 전문 분야에서 썩 뛰어나 있는 사람을 이름.

당송팔대가의 한 사람인 한유는 사륙변려체가 극도로 기교에 치우친 점을 발견하고 산문의 문체를 개혁함으로써 백화문(白話文) 운동이 일어나기 전까지의 산문 문장의 주류를 형성한 문장가로 유명하다. 이에 「당서」 한유전에는 그를 가르켜 '한유가 죽은 뒤에도 그 학문은 크게 행하여져, 학자들은 그를 우러러 태산북두와 같이 보았다' 라고 전하고 있다.

泰山峻嶺(태산준령)

큰 산과 험한 고개.

泰然自若(태연자약)

마음에 무슨 충격을 받아도 전혀 움직임이 없고 천연스러움.

◙ 澤被蒼生(택피창생)

덕택이 만민에게 미침.

◙ 兎角龜毛(토각귀모)

토끼의 뿔과 거북이의 털. 즉 세상에 없는 것을 의미함.

◙ 土崩瓦解(토붕와해)

흙이 무너지고 기와가 깨어진다는 뜻으로, 단체가 무너지고 헤어짐을 이르는 말.

◙ 兎營三窟(토영삼굴)

토끼가 위기를 피하려고 굴을 세 개 만든다는 뜻으로, 자신의 안전을 위하여 미리 몇 가지의 술책을 마련한다는 뜻.

◙ 吐盡肝膽(토진간담)

거짓없는 실정을 숨김없이 다 말함.

◙ 通宵不寐(통소불매)

밤새도록 잠을 이루지 못함.

◙ 通痒相關(통양상관)

서로 썩 가까운 사이.

◙ 統而計之(통이계지)

모두 합쳐서 계산함.

◙ 投筆成字(투필성자)

글씨에 능한 사람은 정신을 쓰지 아니하여도 글씨가 잘 된다는 뜻.

◙ 妬賢嫉能(투현질능)

어질고 유능한 사람을 시기하고 미워함.

破瓜之年(파과지년)

여자의 나이 16세를 일컬음.

爬羅剔抉(파라척결)

손톱으로 후벼 파낸다는 뜻으로, 남의 비밀이나 흠을 들추어 내는 것.

波瀾曲折(파란곡절)

생활이나 일의 진행에 있어 일어나는 많은 곤란과 변화. 파란중첩(波瀾重疊)도 이와 유사한 뜻.

破廉恥漢(파렴치한)

염치도 부끄러움도 모르는 사람.

破釜沈船(파부침선)

살아서 돌아가지 않을 각오로 크게 싸우는 것. 즉 반드시 이기고 말겠다는 뜻.

破邪顯正(파사현정)

그릇된 것을 깨뜨리고 올바르게 창현함.

破顔大笑(파안대소)

얼굴빛을 부드럽게 하여 크게 웃는 웃음.

破竹之勢(파죽지세)

세력이 강대하여 대적을 거침없이 물리치고 쳐들어가는 당당한 기세.

삼국을 통일하기 전인 진 무제 때의 정남군대장군(征南軍大將軍) 두예는 진의 대군을 이끌고 쳐들어가 형주(荊州)에까지 이르렀다.

그런데 여기서 장군들이 모여 작전회의를 여는 중에 한 사람이 말했다.

"지금 단번에 승리를 거두기는 어렵습니다. 마침 봄이라 비도 많고 역병도 발생하기 쉬우니 후퇴하여 겨울을 기다리는 것이 좋다고 생각합니다."

그러자 두예가 말했다.

"지금 우리 군사들의 사기는 높다. 비유하자면 대나무를 쪼개는 것과 같으니 두세 마디만 가르면, 그 뒤는 힘들이지 않아도 저절로 쪼개질 것이다."

皤皤老人(파파노인)

백발이 된 늙은이.

八年兵火(팔년병화)

항우(項羽)와 유방(劉邦)과의 싸움이 8년이나 걸렸다는 데서 유래한 말로, 승부가 오래도록 결정나지 아니함을 비유한다.

八面六臂(팔면육비)

어느 일을 당해도 묘하게 처리하는 수완이 있는 것.

八方美人(팔방미인)

어느 모로 보나 아름다운 미인으로, 요즘에는 무슨 일에나 조금씩 재주가 있어 못하는 것이 없는 사람을 이른다.

◙ 八字春山(팔자춘산)

미인의 고운 눈썹.

◙ 敗家亡身(패가망신)

가산을 없애고 몸을 망침.

◙ 敗軍之將(패군지장)

싸움에 패한 장수.

◙ 偏苦之役(편고지역)

남보다 더 괴로움을 받으면서 하는 일.

◙ 偏母膝下(편모슬하)

홀로 남은 어머니를 모시고 있는 처지. 편모시하라고도 함.

◙ 片片沃土(편편옥토)

어느 논밭이나 모두 다 비옥함.

◙ 平地落傷(평지낙상)

평지에서 넘어져 다친다는 말로, 뜻밖의 불행을 뜻함.

◙ 平地突出(평지돌출)

평지에 산이 우뚝 솟았다는 말로, 가난한 집에서 도와주는 후원자도 없는데 출세함을 비유함.

◙ 平地風波(평지풍파)

공연히 일을 만들어서 분쟁을 일으킴을 이름.

이는 당나라 시인인 유우석(劉禹錫)의 「죽지사(竹枝詞)」에서 나오는 '平地起波瀾'에서 유래한 말.

◙ 肺腑之言(폐부지언)

마음 속에서 우러나오는 참된 말.

◙ 廢寢忘餐(폐침망찬)

침식을 잊고 일에만 골몰하여 심력을 다함.

閉戶先生(폐호선생)

집 안에 틀어박혀 독서만 하는 사람.

蒲柳之質(포류지질)

몸이 잔약하여 병에 걸리기 쉬운 약한 체질을 이름.

동진의 고열지(顧悅之)는 간문제(簡文帝)와 동갑이었으나 그보다 먼저 머리가 희어졌다. 이에 간문제가,

"그대의 머리는 왜 먼저 희어졌는가?"

하고 묻자,

"갯버들의 모습인 자는 가을을 앞두고 잎이 떨어지나, 송백의 성질을 가진 사람은 서리를 맞아도 꺾이지 않고 더욱 잎이 무성하는 법입니다."

라고 답하였다.

抱腹絶倒(포복절도)

너무 우스워서 배를 잡고 몸을 가누지 못할 만큼 웃음.

飽食煖衣(포식난의)

배불리 먹고 따뜻이 입음. 곧 의식이 풍부함.

布衣寒士(포의한사)

벼슬이 없는 가난한 선비.

暴殄天物(포진천물)

물건을 함부로 쓰고도 아까운 줄을 모름.

捕風捉影(포풍착영)

바람과 그림자를 잡는다는 말로, 허망한 언행을 이른다.

咆虎馮河(포호빙하)

호랑이를 맨손으로 때려 잡고, 황하를 걸어 건넌다는 뜻으로, 용기는 있으나 무모하게 행동함을 이른다.

咆虎陷浦(포호함포)

큰소리만 치고 성취함이 없음을 비유하는 말.

◙ 表裏不同(표리부동)

겉과 속이 다르다는 뜻.

◙ 表裏相應(표리상응)

밖에서나 안에서나 서로 손이 맞음.

◙ 風高風下(풍고풍하)

한 해 동안의 기후를 일컫는 말로, 봄·여름은 바람이 낮고, 가을·겨울은 바람이 높다는 뜻.

◙ 風磨雨洗(풍마우세)

비와 바람에 갈리고 씻김.

◙ 風飛雹散(풍비박산)

사방으로 날아 흩어진다는 뜻.

◙ 風聲鶴唳(풍성학려)

바람소리와 학의 울음소리. 즉 겁을 집어 먹은 사람은 하찮은 일에도 놀란다는 뜻.

◙ 風樹之嘆(풍수지탄)

'樹欲靜而風不止 子欲養而親不待(나무는 고요하고자 하나 바람이 멎지 않고, 자식은 효도하고자 하나 어버이는 기다려 주지 않는다)'는 고사에서 유래한 말로, 효도를 다하지 못하고 어버이를 여읜 슬픔을 뜻함.

◙ 風雨大作(풍우대작)

바람이 몹시 불고 비가 많이 옴.

◙ 風雨場中(풍우장중)

몹시 바쁜 판국을 이름.

◙ 風前燈火(풍전등화)

바람 앞의 등불. 즉 몹시 위급한 처지에 놓여 있음을 비유하는 말.

風前之塵(풍전지진)

사물이 무상함을 이름.

風定浪息(풍정낭식)

들떠서 어수선 하던 것이 가라앉음을 일컬음.

風餐露宿(풍찬노숙)

바람과 이슬을 무릅쓰고 밖에서 먹고 자는 고생.

風打浪打(풍타낭타)

일정한 자기 주장없이 대세에 따라서 행동하는 것.

皮骨相接(피골상접)

살가죽과 뼈가 맞붙을 정도로 몹시 마름을 일컫는 말로, 피골상련(皮骨相連)이라고도 한다.

皮裏春秋(피리춘추)

사람마다 마음속에 셈속과 분별이 있음을 뜻함.

被髮徒跣(피발도선)

부모가 돌아가셨을 때 여자가 머리를 풀고 버선을 벗음.

皮肉不關(피육불관)

서로 아무런 관계가 없음.

被害妄想(피해망상)

남이 자기에게 해를 입힌다고 생각하는 일.

筆問筆答(필문필답)

글로 묻고 글로써 대답하는 것.

匹夫之勇(필부지용)

소인의 혈기에서 나오는 용기란 뜻으로, 경솔한 행동을 이른다.

夏葛冬裘(하갈동구)

여름의 서늘한 베옷과 겨울의 따뜻한 옷. 즉 격에 맞음을 이르는 말.

下堂迎之(하당영지)

반가와서 마당으로 내려와서 맞이함.

下堂之憂(하당지우)

낙상하여 앓는 것.

何待明年(하대명년)

기다리기가 매우 지루함을 뜻함.

夏爐冬扇(하로동선)

여름의 화로와 겨울의 부채란 뜻으로, 때가 지나 아무 쓸모없는 것을 이름.

下石上臺(하석상대)

아랫돌 빼서 윗돌 괴고, 윗돌 빼서 아랫돌 괸다는 말로, 임시변통으로 이리저리 둘러 마추는 것을 이름.

下愚不移(하우불이)

아주 어리석고 못난 사람의 기질은 아무리 해도 바꾸지 못한다는 뜻.

下意上達(하의상달)

아랫 사람의 의사가 웃사람에게 전달되는 것.

下學上達(하학상달)

낮고 쉬운 것을 배워 높고 어려운 이치를 깨달음.

河海之澤(하해지택)

하해와 같이 넓고 큰 은덕을 이름.

下厚上薄(하후상박)

아랫 사람에게는 후하고 웃사람에게는 박함.

何厚何薄(하후하박)

한편은 후하게 하고 한편은 박하게 한다는 말로, 차별있게 대우함을 뜻함.

鶴首苦待(학수고대)

학의 목처럼 길게 늘여 고대함. 즉 몹시 기다린다는 뜻.

漢江投石(한강투석)

한강에 돌 던지기. 즉 아무리 애써도 보람이 없는 것.

邯鄲之夢(한단지몽)

세상의 부귀 영화가 허황됨을 이름.

당나라 현종 때 한단(邯鄲) 땅에 살던 노생(盧生)은 사회 현실에 대해 불평불만이 대단한 사람이었다.

하루는 길을 가다 날이 저물어 객주에 들러 여옹이라는 노인과 얘기를 하던 중 한참을 떠들다 보니 피곤하여 여옹의 베개를 빌려 베고 잠이 들어 팔십 년의 영화로움을 누리고 깨어났다는 고사에서 유래한다.

邯鄲之步(한단지보)

본분을 잊고 함부로 남의 흉내를 내면 실패한다는 뜻.

이는「장자」 추수편(秋水篇)에 나오는 말로, '한단의 멋진 걸음걸이도 배우지 못한 채, 자기 본래의 걸음걸이까지 잃고 엉금엉금 기어서 돌아왔다는' 우화에서 유래한다.

閑談屑話(한담설화)

심심풀이로 하는 실없는 쓸데없는 잡담.

恨不早圖(한불조도)

시기를 놓친 것을 한탄함.

恨死決斷(한사결단)

죽기를 각오하고 결단함.

閑司漫職(한사만직)

일이 많지 않고 한가한 벼슬자리.

汗牛充棟(한우충동)

짐으로 실으면 소가 땀을 흘리고, 쌓으면 들보에 가득 찬다는 말로, 썩 많은 장서(藏書)를 이름.

이는 유종원이「춘추」를 연구한 학자 육문통의 업적을 기려 그 무덤에 갈(碣)을 세우고 각(刻)한 문장 속에 전하는 말.

閑雲野鶴(한운야학)

하늘에 한가히 떠도는 구름과 들에 절로 나는 학이란 뜻으로, 매우 자유롭고 한가한 생활을 의미한다.

汗出沾背(한출점배)

부끄럽거나 무서워서 흘리는 땀이 등을 적심.

閑話休題(한화휴제)

쓸데없는 이야기는 그만 두라는 뜻.

割半之痛(할반지통)

형제 자매가 죽은 슬픔.

割肉充腹(할육충복)

혈족의 재물을 빼앗음.

割恩斷情(할은단정)

애틋한 사랑을 끊음.

緘口無言(함구무언)

입을 다물고 말이 없음.

含憤蓄怨(함분축원)

분함과 원통한 마음을 지님.

涵養薰陶(함양훈도)

사람을 가르쳐 인도하여 재덕을 이루게 함.

陷之死地(함지사지)

아주 위험한 곳에 빠뜨림.

含哺鼓腹(함포고복)

배불리 먹고 즐겁게 지낸다는 뜻.

咸興差使(함흥차사)

한 번 가기만 하면 돌아오지 않거나 소식이 없다는 뜻으로, 심부름을 시킨 뒤에 아무 소식도 없음을 비유함.

조선 태조가 선위(禪位)하고 함흥에 가서 은퇴하고 있을 때, 태종이 보낸 사신이 죽거나 갇혀 있어서 돌아오지 않았다는 고사에서 유래한다.

項背相望(항배상망)

뒤를 이을 사람이 많다는 뜻으로, 왕래가 빈번함을 의미함.

行伍出身(항오출신)

병졸로부터 출세하여 벼슬에 오름.

項羽壯士(황우장사)

항우와 같이 힘이 센 사람을 일컫는 말.

降者不殺(항자불살)

항복하여 오는 사람은 죽이지 않음.

海枯見底(해고견저)

바다가 마르지 않으면 그 바닥을 볼 수 없듯이 사람의 마음도 평소에는 다 알기 힘들다는 뜻.

偕老同穴(해로동혈)

살아서 함께 늙고 죽어서도 같은 무덤에 묻힌다는 뜻으로, 생사를 같이하는 부부의 사랑의 맹세를 이름.

이는 「시경」 '격고(擊鼓)' 중의 與子偕老와 '대거(大車)'의 死則同穴이라는 싯구에서 유래한다.

海誓山盟(해서산맹)

산이나 바다가 영구히 존재함과 같이 소멸되지 않는 맹세를 이른다.

行路之人(행로지인)

아무 상관이 없는 사람.

行方不明(행방불명)

간 곳이 분명하지 않음.

行尸走肉(행시주육)

살아 있는 송장이요, 걸어다니는 고깃덩어리란 뜻으로, 배운 것이 없어서 아무 쓸모가 없는 사람을 일컬음.

行雲流水(행운유수)

떠가는 구름과 흐르는 물. 곧 일이 거침이 없거나 마음이 시원하고 씩씩함을 비유한다.

行有餘力(행유여력)

일을 다 하고도 힘이 남음.

◙ 行住坐臥(행주좌와)

불교에서 말하는 일상의 기거 동작의 네가지 위의(威儀). 즉 행(行)·주(住)·좌(坐)·와(臥).

◙ 向方不知(향방부지)

어디인지 분간을 못함.

◙ 向陽之地(향양지지)

남향하여 볕이 잘 드는 땅.

◙ 向陽花木(향양화목)

볕을 받은 꽃나무. 즉 입신출세하기 쉬운 사람을 이름.

◙ 向隅之歎(향우지탄)

좋은 기회를 만나지 못한 한탄.

◙ 虛氣平心(허기평심)

기를 가라앉히고 마음을 평정하게 하는 것.

◙ 虛靈不昧(허령불매)

마음이 맑고 신령하여 일체의 대상을 명찰함.

◙ 虛實相蒙(허실상몽)

거짓과 참이 분명하지 않음.

◙ 虛心坦懷(허심탄회)

마음에 아무런 사념이 없이 솔직한 태도.

◙ 虛張聲勢(허장성세)

실력이 없으면서 허세만 떠벌림.

◙ 虛虛實實(허허실실)

허실의 계책을 써서 다툼.

◙ 歔欷歎息(허희탄식)

한숨 짓고 탄식함.

掀動一世(헌동일세)

한 세상을 진동할 만큼 위세가 대단하다는 뜻으로, 혼동일세라고도 한다.

軒軒丈夫(헌헌장부)

외모가 준수하고 쾌활한 남자.

赫世公卿(혁세공경)

대대로 내려오는 높은 벼슬아치.

懸軍孤鬪(현군고투)

현군이 후원군도 없이 외롭게 싸움.

賢母良妻(현모양처)

어진 어머니인 동시에 착한 아내.

現實直視(현실직시)

현실을 있는 그대로 바라 봄.

懸腕直筆(현완직필)

팔을 바닥에 대지 않고 붓을 곧게 쥐고 글씨를 쓰는 자세.

眩人眼目(현인안목)

다른 사람의 눈을 어지럽게 함.

懸河口辯(현하구변)

급한 경사에 세차게 흐르는 물과 같이 거침없이 잘하는 말.

血氣方壯(혈기방장)

혈기가 한창 씩씩함.

血心苦篤(혈심고독)

정성껏 일을 하여감.

血怨骨髓(혈원골수)

뼈에 사무치는 깊은 원한.

脅肩諂笑(협견첨소)

몸을 옹송거리고 아양을 부려 웃음.

◙形單影隻(형단영척)

의지할 곳 없이 몹시 외로움.

◙螢雪之功(형설지공)

온갖 고생을 이기며 공부하여 쌓은 보람.

동진의 손강(孫康)은 집이 가난하여 기름 살 돈이 없기에 겨울이 되면 눈빛에 비추어 책을 읽었고, 차윤(車胤)은 여름에 얇은 비단 주머니에 수십 마리의 반딧불을 잡아넣어 그 빛으로 책을 읽어 출세하였다는 고사에서 유래한다.

◙形影相弔(형영상조)

자기의 몸과 그림자가 서로 불쌍히 여긴다는 뜻으로, 몹시 외로움을 이른다.

◙兄弟之誼(형제지의)

형제간처럼 지내는 친구의 우의.

◙狐假虎威(호가호위)

다른 사람의 권세를 빌어 위세를 부림.

초의 선왕(宣王) 때 타국에서 소해휼을 두려워 하였는데, 이것은 마치 짐승들이 호랑이가 무서워 여우를 피하는 것과 같다는 비유에서 유래한 말로, 타국에서 소해휼이 두려운 것이 아니라 초왕을 두려워하고 있다는 말.

◙糊口之策(호구지책)

가난한 살림에서 그저 먹고 사는 방책.

◙豪氣滿發(호기만발)

꺼드럭거려 뽐내는 기운이 차서 겉으로 드러남.

◙呼來斥去(호래척거)

사람을 불러 놓고 다시 곧 쫓아버림.

◙毫釐不差(호리불차)

털끝 만큼도 틀림이 없음. 호리지차(毫釐之差)는 근소한 차이.

◙毫釐千里(호리천리)

처음의 근소한 차이가 나중에는 대단한 차이가 된다는 뜻.

◙虎尾難放(호미난방)

잡았던 범의 꼬리는 놓기가 어렵다는 뜻으로, 위험한 일에서 이러지도 저러지도 못하는 궁지에 빠짐을 이른다.

◙虎父犬子(호부견자)

아버지는 잘났으나 아들은 못났다는 뜻.

◙胡思亂想(호사난상)

매우 헝클려 어수선하게 생각함.

◙好事多魔(호사다마)

좋은 일에는 흔히 방해되는 것이 생긴다는 뜻.

◙虎死留皮(호사유피)

호랑이는 죽어서 가죽을 남긴다는 뜻.

◙狐死兎泣(호사토읍)

동료의 죽음을 슬퍼하는 것.

◙好生惡死(호생오사)

모든 생물은 살기를 좋아하고 죽기를 싫어한다는 뜻.

◙呼訴無處(호소무처)

원통한 사정을 호소할 곳이 없음.

◙好勝之癖(호승지벽)

경쟁하여 이기기를 유달리 즐기는 성벽.

◙虎視眈眈(호시탐탐)

호랑이가 먹이를 노려 눈을 부릅뜨고 노려보는 것과 같이,

탐욕스런 야심으로 기회를 노리며 형세를 살피는 것.

浩然之氣(호연지기)

넓고 큰 기운. 즉 천하에 부끄러울 것이 없는 정대(正大)한 기운.

이 말은 맹자와 그의 제자 공손추와의 문답에서 유래한 말로, 사람은 호연지기를 기르기 위해 노력해야 한다고 주장했다.

號曰百萬(호왈백만)

실상은 얼마 안되는 것을 말로만 많다고 떠들어 댐.

胡越一家(호월일가)

온 천하가 한 집안과 같다는 뜻.

縞衣玄裳(호의현상)

온 몸이 희고 날개 끝과 꼬리 끝이 검고 아름답다는 뜻으로, 학의 외모를 형용한 말.

好衣好食(호의호식)

좋은 옷과 좋은 음식이란 뜻으로, 잘 입고 잘 먹는 것을 의미한다.

昊天罔極(호천망극)

어버이의 은혜가 하늘과 같이 넓고 커서 다함이 없음.

呼風喚雨(호풍환우)

요술로 바람과 비를 불러 일으킴.

呼兄呼弟(호형호제)

서로 형이니 아우니 하고 부른다는 뜻으로, 썩 가까운 벗 사이를 이름.

惑世誣民(혹세무민)

세상 사람들을 미혹하게 하여 속임.

◙或是或非(혹시혹비)

어째 옳기도 하고 그르기도 하여 질정(質定)할 수 없음.

◙魂飛魄散(혼비백산)

몹시 놀라 혼백이 흩어진다는 뜻.

◙渾然一體(혼연일체)

조그마한 차별이나 균열도 없이 한 몸이 됨.

◙渾然天成(혼연천성)

아주 쉽게 저절로 이루어짐.

◙昏定晨省(혼정신성)

저녁에는 잠자리를 정하고 아침에는 살핀다는 뜻으로, 조석으로 부모의 안부를 물어서 살핌을 의미한다.

◙忽往忽來(홀왕홀래)

문득 가는가 하면 갑자기 옴. 홀현홀몰(忽顯忽沒)은 문득 나타났다가 사라지는 것을 의미함.

◙紅爐點雪(홍로점설)

벌겋게 단 화로에 눈 한 송이. 즉 크나큰 일에 적은 힘이 아무런 보탬이 되지 않는다는 뜻.

◙紅顔薄命(홍안박명)

썩 예쁜 여자는 팔자가 사나웁다는 뜻.

◙和氣靄靄(화기애애)

여럿이 모인 자리에 온화한 기색이 넘쳐 흐르는 모양.

◙和光同塵(화광동진)

'화광'은 빛을 부드럽게 하는 일이며, '동진'은 속세의 티끌에 동화되는 것을 이르는 말로, 자기의 재주를 감추고 세속을 좇는 것을 이름.

◙畵龍點睛(화룡점정)

사물의 가장 요긴한 곳, 또는 무슨 일을 함에 가장 긴한 부분을 마치어 완성시킴을 이름.

양나라의 장승요가 금릉의 안락사(安樂寺)의 벽면에 눈동자를 뺀 4마리의 용을 그렸는데, 주위의 사람이 자꾸 용의 눈동자를 그려 넣을 것을 요구하여 눈동자를 그려 넣었더니, 그 용이 하늘로 올라갔다는 고사에서 유래한다.

禍福無門(화복무문)

화복은 문이 있는 것이 아니라, 사람의 선악의 행위에 따라 각기 받는 것이라는 뜻.

畫蛇添足(화사첨족)

쓸데없는 짓을 덧붙여 하다가 도리어 실패함.

華胥之夢(화서지몽)

황제(黃帝)가 꿈속에서 화서씨(華胥氏)의 나라에 가 놀았는데, 그 꿈이 깬 다음에 크게 깨달은 바가 있었다는 고사에서 유래한 말로, 선몽(善夢)을 이른다.

花容月態(화용월태)

아름다운 여자의 고운 용태.

花田衝火(화전충화)

젊은이의 앞길을 그르치게 함.

花朝月夕(화조월석)

꽃 피는 아침과 달 밝은 저녁. 즉 경치가 좋은 때를 이름.

花中君子(화중군자)

꽃 중의 군자. 즉 연꽃을 이름. 화중신선(花中神仙)은 해당화를 일컬음.

畫中之餠(화중지병)

그림의 떡. 즉 아무리 탐이 나도 차지하거나 이용할 수 없는 것을 이름.

華燭洞房(화촉동방)

혼인한 신랑 신부가 첫날밤에 자는 방. 화촉지전 (華燭之典)은 혼인식.

確固不動(확고부동)

확고하여 움직이지 않음.

環顧一世(환고일세)

세상에 유능한 인물이 없음을 탄식하는 말.

換骨奪胎(환골탈태)

얼굴이 변해 전보다 아름답게 되는 것. 또는 남의 문장의 취의를 본뜨되 그것을 완전히 자기 것으로 만들어 버리는 것.

鰥寡孤獨(환과고독)

늙고 아내가 없는 사람, 늙어 남편이 없는 사람, 어려서 부모를 여읜 사람, 늙어서 자식이 없는 사람. 곧 의지할 곳이 없는 사람을 의미한다.

還歸本主(환귀본주)

물건을 임자에게 돌려줌.

患難相救(환난상구)

근심과 재앙을 당해 서로 구해 줌.

患得患失(환득환실)

얻기 전에는 얻지 못할까 걱정하고, 얻은 후에는 잃을까 걱정함.

渙然氷釋(환연빙석)

얼음 녹듯이 의혹이 풀려 없어짐.

歡呼雀躍(환호작약)

기뻐서 소리치며 날뜀.

◙ 豁達大度(활달대도)

마음이 너그럽고 커서 작은 일에는 구애되지 않는 도량.

◙ 活殺自在(활살자재)

살리고 죽임을 마음대로 할 수 있음.

◙ 活人積德(활인적덕)

사람의 목숨을 살려 은덕을 쌓음.

◙ 荒唐無稽(황당무계)

말이나 행동이 허황하여 믿을 수 없음.

◙ 恍惚難測(황홀난측)

황홀하여 분별하기 어려움.

◙ 遑遑罔措(황황망조)

마음이 급하여 허둥지둥 하며 어찌할 줄 모름.

◙ 會稽之恥(회계지치)

월왕(越王) 구천이 오왕 부차에게 회계산에서 생포되어 굴욕적인 강화를 맺었다는 데서 유래한 말로, 마음속에 깊이 새겨져 영원히 잊을 수 없는 치욕.

◙ 回賓作主(회빈작주)

주장하는 남의 의사를 무시하고 제 마음대로 일을 함.

◙ 灰色分子(회색분자)

소속 · 주의 · 노선 등이 뚜렷하지 못한 사람.

◙ 會心之友(회심지우)

마음이 잘 맞는 벗.

◙ 回心向道(회심향도)

마음을 돌려 바른 길로 들어섬.

◙ 膾炙人口(회자인구)

시문(詩文) 등이 사람들의 입에 오르내리는 것.

◙ 會者定離(회자정리)

만나면 반드시 헤어지기 마련이라는 말.

◙ 回避不得(회피부득)

피하려고 하나 피할 수 없음.

◙ 橫說竪說(횡설수설)

조리가 없는 말을 이러쿵 저러쿵 함부로 지껄임.

◙ 厚德君子(후덕군자)

생김새나 하는 것이 후덕하고 점잖은 사람.

◙ 後來三杯(후래삼배)

술자리에서 뒤늦게 온 사람에게 먼저 권하는 석 잔의 술.

◙ 後生可畏(후생가외)

후배는 나이 젊어 기력이 왕성하므로 학문을 쌓으면 후에 어떤 큰 역량을 발휘할지 모르기 때문에 선배는 공경하며 두려워 해야 된다는 뜻.

◙ 後悔莫及(후회막급)

일이 잘못되고 난 다음에는 아무리 후회하여도 어찌할 수 없다는 뜻.

◙ 興亡盛衰(흥망성쇠)

흥하고 망하고 번성하고 쇠약함.

◙ 興盡悲來(흥진비래)

즐거운 일이 다하면 슬픈 일이 온다는 뜻으로, 세상이 돌고 돌아 순환된다는 것.

◙ 稀代未聞(희대미문)

지극히 드물어서 좀처럼 듣지 못함.

◙ 喜色滿面(희색만면)

기쁜 빛이 얼굴에 가득함.

부 록

속담풀이

ㄱ

●**가는 말이 고와야 오는 말이 곱다** : 내가 먼저 남에게 말을 좋게 하여야 남도 나에게 말을 좋게 한다는 뜻.

●**가는 손님은 뒷꼭지가 예쁘다** : 손님 대접을 하기 어려운 처지에 있어서는 곧 돌아가는 손님은 뒷모양도 마냥 예쁘게만 느껴진다는 뜻.

●**가랑잎이 솔잎더러 바스락거린다고 한다** : 자기 결점이 더 크고 많은 사람이 도리어 허물이 작은 사람을 나무라거나 업신여겨 본다는 뜻.

●**가을에는 부지깽이도 덤벙한다** : 바쁠 때는 모양이 비슷만 해도 사용된다는 뜻으로, 가을에는 농촌이 매우 바쁨을 지칭한다.

●**가재는 게 편이요 초록은 한 빛이라** : 모양이 비슷한 족속끼리 한편이 된다는 뜻.

●**가지 많은 나무 바람 잘 날 없다** : 자식 많이 둔 부모는 항상 자식을 위한 근심걱정이 그치지 않아 편할 날이 없다는 뜻.

●**간에 가 붙고 염통에 가 붙는다** : 자기에게 이로우면 인격과 체면을 돌보지 않고 아무에게나 아첨하는 사람을 두고 이르는 말.

●**값싼 것이 비지떡** : 값이 싸면 품질이 좋지 못하다는 말.

●**값도 모르고 싸다 한다** : 일의 내용, 관계 및 그 형편과

사정을 자세히 알지도 못하면서 덮어놓고 이러니 저러니 참견한다는 뜻.

●**강물도 쓰면 준다** : 아무리 많아도 헤프게 쓰다 보면 없어지기 마련이니 항상 아껴서 쓰라는 뜻.

●**같은 값이면 다홍치마** : 같은 값이면 품질이 나은 쪽을 택하게 된다는 뜻.

●**개같이 벌어서 정승같이 먹는다** : 벌 때에는 일의 좋고 나쁨을 가리지 않고 힘써 벌어서라도 쓸 때는 떳떳이 가장 요긴하고 생광되게 쓰라는 뜻.

●**개구리 올챙이적 생각 못한다** : 가난한 사람이 부자가 되어서 곤궁하던 옛날을 생각하지 못하고 저 잘난척만 하는것.

●**개 똥도 약에 쓰려면 없다** : 아주 흔한 것이라도 정작 필요하여 찾으면 없다는 뜻.

●**개살구도 맛들일 탓** : 개살구는 몹시 떫어서 모두 싫어하지만, 그 떫은 맛도 맛들이기에 따라서 좋아진다는 말로, 자기가 좋아하는 것은 더 낫게 보인다는 뜻. 즉 취미 붙이기에 따라 얼마든지 기분좋게 할 수 있다는 뜻.

●**개천에서 용 난다** : 미천한 집안에서 훌륭한 인물이 나오는 경우를 일컫는 말.

●**거미도 줄을 쳐야 벌레를 잡는다** : 무슨 일을 하거나 거기에 필요한 준비나 도구가 있어야 그 목적을 달성할 수 있다는 말.

●**거지도 부지런하면 더운 밥을 얻어 먹는다** : 사람은 어떻든 부지런해야 복 받고 살 수 있다는 뜻.

●**걷기도 전에 뛰려고 한다** : 모든 일은 차례가 있는 법인데, 제 실력도 돌아보지 않고 단번에 어려운 일을 하려고 덤

비는 것을 이름.

●**겨묻은 개가 똥묻은 개를 나무란다** : 자신의 결함은 돌아보지 않고 남의 약점만 나무란다는 뜻.

●**계집의 독한 마음 오뉴월에 서리친다** : 여자의 원한과 저주는 오뉴월에 서릿발이 칠 만큼 매섭고 독하다는 뜻.

●**고래 싸움에 새우 등 터진다** : 힘센 사람끼리 싸우는데 약한 사람이 그 사이에 끼어 아무 관계없이 공연히 피해를 입는다는 뜻.

●**고사리도 꺾을 때 꺾는다** : 무슨 일이든 그에 알맞는 시기가 있으니 그 때를 놓치지 말고 일을 처리하라는 뜻.

●**고양이 목에 방울 단다** : 쥐들이 고양이 목에 방울을 달지 못하듯 실행하기 어려운 공론을 함에 비유한 말.

●**고운 사람 미운 데 없고 미운 사람 고운 데 없다** : 남을 한 번 좋게 보면 그 사람이 하는 일은 모두 좋게 보이고, 한 번 밉게 보면 무엇이나 다 밉게만 보인다는 뜻.

●**곡식 이삭은 잘 될수록 고개를 숙인다** : 곡식의 이삭이 잘 익으면 고개를 숙이듯이 훌륭한 사람일수록 교만하지 않고 겸손하다는 뜻.

●**공든 탑이 무너지랴** : 공을 들여 한 일은 그리 쉽게 없어지거나 실패하지 않는다는 말.

●**과부 사정은 과부가 안다** : 남의 사정은 같은 처지에 있는 사람이라야만 그 실정을 올바르게 알 수 있다는 뜻.

●**광에서 인심난다** : 자기의 살림이 넉넉하고 유복하여져야 그 다음에 비로소 남의 처지를 동정하게 된다는 뜻.

●**구더기 무서워 장 못 담글까** : 다소 방해되는 일이 있더라도 마땅히 해야 할 일은 해야 한다는 뜻.

●**구슬이 서말이라도 꿰어야 보배라** : 아무리 구슬이 많이 있어도 꿰어 놓지 않으면 그 가치가 없듯이, 아무리 좋은 솜씨와 훌륭한 일이라도 끝을 마쳐야 쓸모가 있다는 뜻.

●**구은 게도 다리를 떼고 먹는다** : 모든 일은 빈틈없이 조심해서 해 나가야 한다는 뜻.

●**궁지에 몰린 쥐가 고양이를 문다** : 아무리 약한 사람이라도 죽을 지경에 이르게 되면 강적에게 용기를 내어 달려든다는 뜻.

●**꾸어다 놓은 보릿자루** : 여럿이 모여서 노는데 혼자 잠자코 있는 사람을 조롱하여 일컫는 말.

●**꿀먹은 벙어리** : 마음속에 지닌 말을 제대로 표현하지 못하는 사람을 조롱하는 말.

●**꿈보다 해몽** : 그다지 좋은 꿈이 아니라 하더라도 해몽은 잘하여야 한다는 말.

●**귀머거리 삼년이요 벙어리 삼년이라** : 여자가 시집을 가면 매사에 흉이 많으니 귀머거리가 되고 벙어리가 되어 살아야 한다는 말.

●**귀에 걸면 귀걸이, 코에 걸면 코걸이** : 정해 놓은 것이 아니고 일은 둘러 댈 탓이라는 뜻.

●**그림의 떡** : 그림속의 떡은 보기는 하나 먹을 수 없다는 뜻. 즉 실제로는 아무 소용이 없는 것.

●**그 아비에 그 아들** : 잘난 어버이에게서는 잘난 자식이 못난 어버이에게서는 못난 자식이 태어난다는 말.

●**긁어 부스럼** : 괜한 것을 건드려서 사고를 만드는 것.

●**금강산도 식후경** : 아무리 좋은 일이라도 배가 부르고 난 다음에야 좋은 줄 알지, 배가 고프면 제아무리 좋은 것도 경

황이 없다는 말.

●**금방 먹을 떡에도 소를 박는다** : 아무리 급하더라도 그 순서를 밟아서 하여야 한다는 뜻.

●**급하면 바늘 허리에 실 매어 쓸까** : 아무리 급한 일이라도 일정한 절차를 밟아서 하여야 한다는 뜻.

●**급히 먹는 밥에 목이 멘다** : 너무 급히 서둘러서 일을 하면 모든 일이 잘못하고 실패하기 쉽다는 뜻.

●**기는 놈 위에 나는 놈이 있다** : 잘 하는 사람 위에 더 잘하는 사람이 있다.

●**긴 병(우환)에 효자 없다** : 아무리 효심이 두터워도 오랜 병 구완을 하노라면 자연히 정성이 덜하게 마련이라는 뜻.

●**길고 짧은 것은 대어 보아야 안다** : 대소 우열은 실제로 겨루거나 체험해 보아야만 알 수 있다는 뜻.

●**길이 아니면 가지 말고 말이 아니면 탓하지 마라** : 사리에 어긋난 말이면 처음부터 참견하지 말라는 뜻.

●**김치국부터 마신다** : 줄 사람은 생각도 안 하는데 받을 쪽에서 공연히 서두르며 덤비는 것을 이름.

●**나무에 잘 오르는 놈은 나무에서 떨어지고, 헤험 잘 치는 놈은 물에 빠져 죽는다** : 사람은 자기가 가진 재주 때문에 때로 실수하게 된다는 뜻.

●**나중 난 뿔이 우뚝하다** : 후진들이 선배보다 나음을 이르는 말.

●낙숫물이 댓돌을 뚫는다 : 꾸준히 노력하면 아무리 어려운 일이라도 꼭 성취된다는 뜻.

●남의 눈에 눈물 내면 제 눈에는 피가 난다 : 남에게 악한 일을 하면 반드시 저는 그보다 더 큰 벌을 받게 된다는 뜻.

●남의 흉이 한가지면 제 흉이 열가지 : 사람은 흔히 남의 흉을 잘보나, 자기 흉을 따지고 보면 그 보다 많으니 남의 흉은 보지 않는 것이 좋다는 뜻.

●낫 놓고 기억자도 모른다 : 무식한 사람을 이르는 말.

●낮말은 새가 듣고 밤말은 쥐가 듣는다 : 남이 안 듣는 곳에서도 말은 조심해야 한다는 뜻.

●노는 입에 염불하기 : 하는 일없이 그저 노는 것보다는 무엇이든지 해야 한다는 뜻.

●녹비에 가로왈 자 : 사슴 가죽에 가로왈 자를 써서 세로로 당기면 '日' 자가 되고 가로로 당기면 '曰' 자가 된다는 말.

●누울 자리 보아 가며 발 뻗는다 : 다가올 일의 결과를 미리 생각해 가면서 일을 처리한다는 뜻.

●누워서 침뱉기 : 남을 해치려다가 도리어 제게 해로운 결과가 돌아온다는 뜻.

●눈 가리고 아웅 : 얕은 꾀로 남을 속이려고 한다는 뜻.

●눈 감으면 코 베어 먹을 세상 : 세상 인심이 매우 험악하고 믿음성이 없음을 이르는 말.

●눈 위에 서리 친다 : 엎친 데 덮친 격으로 일이 갈수록 점점 심해간다는 뜻.

●늙은이 아이 된다 : 늙으면 행동이 어린아이들과 같아진다는 뜻.

●늦게 배운 도둑이 날새는 줄 모른다 : 늦게 시작한 일에

매우 홍미를 느끼고 심취한 사람을 두고 하는 말.

●**다 된 죽에 코풀기** : 일이 거의 다 이루어졌는데 갑자기 어떤 장애가 생기어 실패하는 것을 이름.

●**단단한 땅에 물이 괸다** : 마음이 굳어야 재산이 모인다는 뜻.

●**달면 삼키고 쓰면 뱉는다** : 신의나 지조를 돌보지 않고 자기에게 이로우면 이용하고 필요하지 않게 되면 배척한다는 뜻.

●**달은 차면 기운다** : 모든 것은 한 번 번성하면 다시 쇠퇴한다는 말.

●**닭 쫓던 개 지붕 쳐다 보듯** : 일이 실패로 돌아가 어찌할 수가 없음을 비유하는 말.

●**때리는 시어머니보다 말리는 시누이가 더 밉다** : 가장 자기를 위해 주는 듯이 하면서도 속으로는 해하려고 하는 사람이 가장 밉다는 뜻.

●**돌다리도 두들겨 보고 건너라** : 모든 일에 안전한 길을 택하여 후환이 없도록 조심하라는 뜻.

●**돌부리를 차면 발부리만 아프다** : 쓸데없이 성을 내면 도리어 자기만 해롭다는 뜻.

●**동무 따라 강남 간다** : 하고 싶지도 않은 일을 친구에게 끌려 같이 하는 것을 이름.

●**동서(同婿) 시집살이는 오뉴월에 서릿발 친다** : 여자의 시

집살이 중에서도 동서 밑에서 하는 시집살이가 가장 고달프다는 말.

●**똥 누러 갈 적 마음 다르고 올 적 마음 다르다** : 사람의 마음은 한결같지 않아서 제가 아쉽고 급할 때는 애써 다니다가도 그 일이 끝나면 모르는 척 한다는 뜻.

●**뚝배기보다 장맛이 좋다** : 겉모양 보다 내용이 훨씬 나을 때 쓰는 말.

●**둘째 며느리 삼아 봐야 맏며느리 착한 줄 안다** : 모든 것은 비교해 봐야 그 진가를 알 수 있다는 말.

●**뒤로 오는 호랑이는 속여도 앞으로 오는 팔자는 못 속인다** : 사람은 운명에 따라 사는 것이지 그것을 제 마음대로 할 수는 없다는 뜻.

●**뛰는 놈 위에 나는 놈 있다** : 아무리 재주가 잘났다고 하더라도 그보다 더 잘난 사람이 있다는 말.

●**드는 정은 몰라도 나는 정은 안다** : 정이 들 때는 드는 줄 모르게 들어도 싫어질 때는 정이 떨어져 가는 것을 실감할 수 있다는 뜻.

●**드문드문 걸어도 황소 걸음** : 속도는 느리지만 일은 착실하게 한다는 뜻.

●**등 따시면 배 부르다** : 등이 따뜻하게 옷을 입는 사람이면 먹을 것도 넉넉한 사람이라는 말.

●**등잔 밑이 어둡다** : 가까운 곳에서 생긴 일을 도리어 잘 모른다는 뜻.

●**등잔불에 콩 볶아 먹는 놈** : 어리석고 옹졸하여 하는 짓마다 보기에 답답한 일만 하는 사람을 두고 이름.

●**마른 하늘에 벼락 맞는다** : 뜻밖에 큰 재앙을 겪게 된다는 뜻.

●**마파람에 게눈 감추듯** : 음식을 어느 결에 먹었는지 모를 만큼 빨리 먹어 치움을 이르는 말.

●**만리의 길도 한 걸음부터 시작된다** : 아무리 큰 일이라 하더라도 작은 일로부터 시작된다는 뜻.

●**말 안하면 귀신도 모른다** : 무슨 일이든 말을 해야 비로소 안다는 뜻.

●**맞기 싫은 매는 맞아도 먹기 싫은 음식은 못 먹는다** : 음식이란 먹기 싫으면 아무리 먹으려 해도 먹을 수 없다는 말.

●**매 끝에 정든다** : 매를 맞거나 꾸지람을 들은 뒤에 도리어 정이 들게 된다는 뜻.

●**매도 먼저 맞는 놈이 낫다** : 이왕 당해야 할 일은 먼저 치르고 나는 것이 낫다는 뜻.

●**매 위에 장사 있나** : 매로 때리는 데는 견딜 사람이 없다는 뜻.

●**며느리 늙어서 시어머니 된다** : 시집살이를 심하게 한 며느리가 시어머니가 되면 그전 생각을 않고 더 심하게 시어머니 노릇을 한다는 뜻.

●**모난 돌이 정 맞는다** : 사람이 성질이 원만하지 못하면 남에게 미움을 받는다는 뜻.

●**모로 가도 서울만 가면 된다** : 수단과 방법을 가리지 않고 목적만 이루면 된다는 뜻.

●**목구멍이 포도청** : 먹는 일 때문에 해서는 안 될 일까지 할 때 쓰는 말.

●**목마른 놈이 우물 판다** : 남이 무어라 하든, 제가 급해야 서둘러 일을 시작한다는 뜻.

●**목수가 많으면 집을 무너뜨린다** : 의견을 제각기 주장하면 도리어 해가 미친다는 뜻.

●**못된 송아지 엉덩이에 뿔이 난다** : 사람답지 못한 사람이 건방진 행동을 하는 것을 이름.

●**못 먹는 감 찔러나 본다** : 일이 제게 불리한 때에 심술을 부려 훼방놓는 것을 말함.

●**무당이 제 굿 못하고 소경이 저 죽는 날 모른다** : 제가 저 일을 처리하기는 매우 힘이 든다는 뜻.

●**문전 나그네 흔연 대접** : 어떠한 사람일지라도 자기를 찾아온 사람이면 친절히 대접해야 한다는 뜻.

●**물 불 가리지 않는다** : 어떠한 위험이라도 헤아리지 않고 뛰어드는 저돌적인 행동을 이름.

●**물에 빠지면 지푸라기도 잡는다** : 사람이 위급한 일을 당하고 보면 보잘것 없는 이에게라도 의지하려 한다는 말.

●**물에 빠진 놈 건져 놓으니까 내 봇짐 내라 한다** : 남에게 신세를 지고 그것을 갚기는 커녕 도리어 그 은인을 원망한다는 뜻.

●**물은 건너 보아야 알고 사람은 지내보아야 안다** : 사람은 겉으로만 보아서는 그 속을 잘 알 수 없으므로 실제로 겪어 봐야 바로 알 수 있다는 뜻.

●물이 깊어야 고기가 모인다 : 자기 덕이 많아야 남이 많이 따른다는 뜻.

●물이 깊을수록 소리가 없다 : 덕망이 높고 생각이 깊은 사람일수록 잘난 체 하거나 아는 체 떠벌이지 않는다는 뜻.

●미꾸라지 용되었다 : 가난하고 보잘 것 없던 사람이 크게 출세하는 것.

●미운 놈 떡 하나 더 준다 : 미운 사람일수록 더 잘 대우해서 호감을 갖도록 한다는 뜻.

●바늘 도둑이 소도둑 된다 : 나쁜 일은 할수록 늘어서 나중에는 큰일까지 저지르게 된다는 뜻.

●바늘 방석에 앉은 것 같다 : 자리에 그대로 있기가 몹시 불안한 것을 이름.

●반풍수 집안 망친다 : 서투른 재주를 함부로 부리다가 도리어 일을 망치는 것을 이름.

●발등에 불이 떨어졌다 : 갑자기 피할 수 없는 급한 일이 닥쳐왔다는 뜻.

●발 벗고 나선다 : 잘 걷기 위해서 발을 벗었다는 것이니, 남의 일을 위하여 적극적으로 나서는 것을 이름.

●발 없는 말이 천리 간다 : 비밀로 한 말도 잘 퍼지니 항상 말조심하라는 뜻.

●밥 먹을 때는 개도 안 때린다 : 아무리 큰 잘못을 저질러

도 음식을 먹을 때는 때리지도 꾸짖지도 말라는 뜻.

●**백 번 듣는 것이 한 번 보는 것만 못하다** : 실제로 한 번 보는 것이 간접적으로 백 번 듣는 것보다 확실하다는 뜻.

●**백짓장도 맞들면 낫다** : 아무리 쉬운 일이라도 서로 힘을 합치면 이루기 쉽다는 뜻.

●**뱁새가 황새를 따라가려면 다리가 찢어진다** : 자기 분수에 넘치는 짓을 하면 도리어 해만 입게 된다는 뜻.

●**번개가 잦으면 천둥을 한다** : 자주 말이 나는 일은 결국 그 일을 당하게 된다는 말.

●**벙어리 냉가슴 앓듯** : 남에게 말하지 못하고 혼자만 끙끙 앓는 것을 이름.

●**벼룩도 낯짝이 있다** : 너무나도 뻔뻔스러운 사람을 보고 일컫는 말.

●**변덕이 죽 끓듯 한다** : 변덕이 몹시 심한 사람을 지칭한다.

●**병주고 약준다** : 해를 입힌 뒤에 위로하는 것.

●**보기 좋은 떡이 먹기도 좋다** : 겉모양이 좋으면 내용도 그럴 듯하게 보인다는 뜻.

●**보채는 아이 밥 한술 더 준다** : 가만히 있지 말고 서둘러야 일이 이루어진다는 뜻.

●**복은 쌍으로 안 오고 화는 홀로 안 온다** : 기쁜 일은 겹쳐 오지 않고 화는 연거퍼 온다는 뜻.

●**봇짐 내주면서 하룻밤 더 묵으라 한다** : 속 생각은 딴판이면서 말로만 그럴듯 하게 인사치레를 한다는 뜻.

●**부뚜막의 소금도 집어 넣어야 짜다** : 아주 좋은 기회나 형편도 이용하지 않으면 소용이 없다는 뜻.

●**부모가 반 팔자** : 어떤 부모에게서 태어나느냐 하는 것이 사람의 운명을 결정하는 중요한 요소가 된다는 뜻.

●**부모가 착해야 효자가 난다** : 부모에게서 좋은 감화를 받은 자식은 자연 그 부모에게 효도를 한다는 뜻.

●**뿌리 깊은 나무는 가뭄 타지 않는다** : 무엇이든 근원이 깊고 튼튼하면 어떠한 고난이라도 이겨낼 수 있다는 말.

●**불난 데 부채질 한다** : 엎친 데 덮치는 격으로 불운한 사람을 더 불운하게 '만들거나 노한 사람을 더 노하게 할 때 이르는 말.

●**불 안 땐 굴뚝에 연기 날까** : 어떠한 일이든 원인 없는 결과가 없다는 말.

●**비 온 뒤에 땅이 굳어진다** : 풍파를 겪고 나면 사람이 더욱 단단해진다는 뜻.

●**빈 수레 더 요란하다** : 지식이 없고 교양이 부족한 사람이 더 아는 체하고 떠벌인다는 뜻.

ㅅ

●**사공이 많으면 배가 산으로 간다** : 무슨 일을 할 때 옆에서 참견하는 사람이 많으면 일이 잘 안된다는 뜻.

●**사돈 남 말 한다** : 제 일을 놔두고 남의 일에만 말참견한다는 뜻.

●**사람은 잡기(雜技)를 해보아야 마음을 안다** : 사람의 본성은 투기성이 있는 놀음을 같이 해 봐야 잘 나타나서 그 사람

의 참된 모습을 알게 된다는 뜻.

●**사람은 죽으면 이름을 남기고 범은 죽으면 가죽을 남긴다** : 사람이 사는 동안 훌륭한 일을 하면 그 이름이 후세에까지 빛나니 생전에 좋은 일을 해야 한다는 말.

●**사위는 백 년 손이요, 며느리는 종신 식구라** : 사위나 며느리는 모두 남의 자식이지만, 며느리는 제 집 사람이 되어 스스럼 없으나, 사위는 정분이 두터우면서도 끝내 손님처럼 어렵다는 말.

●**사주팔자에 없는 관(冠)을 쓰면 이마가 벗겨진다** : 제 분수에 넘치는 일을 하게 되면 도리어 이롭지 않다는 뜻.

●**사흘 굶어 도둑질 아니할 놈 없다** : 아무리 착한 사람이라도 몹시 궁핍하게 되면 옳지 못한 짓도 저지르게 된다는 말.

●**싸움은 말리고 흥정은 붙이랬다** : 좋지 않은 일은 즉시 중지시키고 좋은 일은 항상 권장하라는 뜻.

●**쌈지 돈이 주머니 돈** : 한 가족끼리의 재물은 누구의 것이라고 특별히 구별 짓기보다 다 같이 그 집의 재산이라는 뜻.

●**새도 가지를 가려서 앉는다** : 친구를 사귀거나 직업을 가짐에 있어 잘 가려야 한다는 뜻.

●**생선 망신은 꼴뚜기가 시킨다** : 동료들의 망신은 못난 한 사람이 시킨다는 뜻.

●**생일날 잘 먹으려고 이레를 굶을까?** : 때도 되기 전에 너무 일찍 서두르는 것을 빙자하는 말.

●**서당개 삼년에 풍월한다** : 아무리 무식한 사람이라도 유식한 사람과 오래 있게 되면 자연 견문이 생긴다는 뜻.

●**설마가 사람 죽인다** : 설마 그럴 수가 있나 하고 마음을 놓는 데서 탈이 일어난다는 뜻.

●**성급한 놈 술값 먼저 낸다** : 성미가 급한 사람은 꼭 손해를 본다는 뜻.

●**섶을 지고 불로 들어가려 한다** : 제가 짐짓 그릇된 짓을 하여 화를 더 당하려 한다는 뜻.

●**세 살 버릇 여든까지 간다** : 어린 시절에 몸에 밴 나쁜 버릇은 늙어서도 고치기가 어렵다는 뜻.

●**소문난 잔치에 먹을 것 없다** : 세상의 이면과 실제는 일치하지 않는다는 말.

●**소 잃고 외양간 고친다** : 이미 일을 그르친 뒤에는 뉘우쳐도 소용없다는 뜻.

●**송충이가 갈잎을 먹으면 떨어진다** : 제 직분에 맞지 않는 딴 생각을 하다가는 실패를 겪게 된다는 뜻.

●**수박 겉 핥기** : 일 또는 물건의 속 뜻을 모르고 겉으로만 건성으로 하는 체하며 건드린다는 뜻.

●**수염이 열자라도 먹어야 양반이다** : 먹은 후에라야만 체면도 차릴 수 있다는 말.

●**수제비 잘하는 사람이 국수도 잘한다** : 어떠한 것을 잘하는 사람이 그와 비슷한 다른 일도 잘한다는 뜻.

●**순풍에 돛단 듯이** : 무슨 일이 아주 순조롭게 이루어지는 것을 이름.

●**시앗을 보면 길가의 돌부처도 돌아 앉는다** : 첩을 얻으면 아무리 점잖은 부인도 시기하기 마련이라는 뜻.

●**시작이 반이다** : 일은 시작만 하게 되면 거의 반은 성공한 셈이라는 뜻.

●**시장이 반찬이다** : 배가 고프면 반찬이 없어도 밥 맛이 난다는 뜻.

●시집 가 석달, 장가 가 석달 같으면 살림 못할 사람 없다 : 결혼한 처음 석달 동안처럼 애정이 계속 된다면 살림 못하고 이혼할 사람이 없다는 말.

●시집 밥은 살이 찌고 친정 밥은 뼛살이 찐다 : 친정에서 살면 속살이 찐다는 말이니, 시집살이가 그만큼 어렵고 마음 편하지 않다는 뜻.

●식은 죽 먹기 : 매우 쉽다는 뜻.

●신선 놀음에 도끼 자루 썩는 줄 모른다 : 바둑, 장기 따위에 정신이 팔려 시간 가는 줄을 모르는 것을 이름.

●십년 공부 나무아미타불 : 오랫동안 공을 들여 쌓아온 일이 모두 허사로 돌아가는 것을 이름.

ㅇ

●아는 것이 병 : 보든 것을 알기 때문에 도리어 걱정이 생긴다는 뜻.

●아는 것이 힘이다 : 세상을 살아가는 데 있어서 지식이 여러가지로 도움이 된다는 뜻.

●아내가 귀여우면 처가집 말뚝보고도 절한다 : 한 가지가 마음에 들면 주위의 모든 것까지도 좋아 보인다는 뜻.

●아닌 밤중에 홍두깨 : 갑자기 불쑥 내놓는 것을 일컫는 말.

●안 되려면 뒤로 넘어져도 코가 깨진다 : 운수가 사나운 사람은 온갖 일에 마가 끼어 하는 일마다 손해를 본다는 말.

●**안 되면 조상 탓** : 잘못은 제가 해놓고 남을 원망하는 것을 비유하는 말.

●**안방에 가면 시어머니 말이 옳고 부엌에 가면 며느리 말이 옳다** : 각자 일리가 있어 그 시비를 가리기 어렵다는 말.

●**앉아 주고 서서 받는다** : 돈을 꾸어 주기는 쉬워도 그것을 다시 받기는 매우 어렵다는 말.

●**앓던 이 빠진 것 같다** : 걱정을 끼치던 일이 없어져 시원하다는 뜻.

●**암탉이 울면 집안이 망한다** : 여자가 지나치게 설치면 하는 일이 잘 안된다는 말.

●**양반은 물에 빠져도 개 헤엄은 안 한다** : 아무리 위급한 일을 만나도 점잖은 사람은 체면 깎이는 일을 하지 않는다는 말.

●**양지가 음지되고 음지가 양지된다** : 세상 일에는 항상 변화가 많다는 뜻.

●**얕은 내도 깊게 건너라** : 모든 일을 항상 조심성 있게 해야 탈이 없다는 뜻.

●**어느 장단에 춤을 추랴** : 하도 참견하는 사람이 많아 어느 말을 따라야 할지 도무지 종잡기 힘들다는 뜻.

●**어미 팔아 친구 산다** : 어머니도 중요하지만 친구 사귀기는 더더욱 중요하다는 말.

●**엎지른 물** : 다시 돌이킬 수 없는 것을 이름

●**여름 불도 쬐다 나면 섭섭하다** : 소용 없는 것이라도 없어지면 매우 섭섭하다는 뜻.

●**여인은 들면 버리고, 가구는 빌리면 버린다** : 여자가 너무 밖으로만 돌아다니면 버리기 쉽다는 뜻.

●**열길 물속은 알아도 한 길 사람 속은 모른다** : 사람의 마음은 쉽게 헤아릴 수 없다는 뜻.

●**열 번 찍어 안 넘어가는 나무 없다** : 아무리 강철같은 심지를 가진 사람일지라도 여러 차례 꾀고 달래면 결국 그 유혹에 넘어가고 만다는 뜻.

●**열의 한 술 밥이 한 그릇 푼푼하다** : 여러 사람이 힘을 합하면 적은 힘을 들여도 그 결과가 매우 크다는 뜻.

●**염불에는 마음이 없고 잿밥에만 마음이 있다** : 마땅히 할 일에는 정성을 들이지 않고 눈앞의 이득에만 마음을 둔다는 말.

●**예쁜 자식 매로 키운다** : 귀여운 자식일수록 잘 키우려면 매로 가르쳐야 한다는 뜻.

●**오뉴월 감기는 개도 아니 앓는다** : 여름에 감기 앓는 사람을 조롱하여 일컫는 말.

●**오르지 못할 나무는 쳐다보지도 말라** : 되지도 않을 일은 처음부터 손도 대지 말라는 뜻.

●**옥에도 티가 있다** : 아무리 훌륭한 물건이나 사람에게도 조그만 결점은 있기 마련이라는 뜻.

●**옷은 새옷이 좋고 사람은 옛 사람이 좋다** : 옷은 깨끗한 새옷이 좋고 사람은 오래오래 사귀어 인정이 두터운 사람이 좋다는 말.

●**왕후 장상에 씨가 있나** : 훌륭한 인물이란 가계나 혈통에 있는 것이 아니라 노력 여하에 달렸다는 말.

●**외모는 거울로 보고 마음은 술로 본다** : 술을 먹게 되면 마음에 있는 말을 모두 털어놓게 된다는 말.

●**우물 안 개구리** : 견문이 좁아 넓은 세상의 형편에 어두운 사람을 이름.

●**우물에 가 숭늉 찾는다** : 성미가 매우 급하여 자꾸 재촉하는 사람을 일컫는 말.

●**우물을 파도 한 우물을 파라** : 무슨 일이든지 한가지 일만 꾸준히 계속해야 성공을 한다는 뜻.

●**울며 겨자 먹기** : 싫은 일을 억지로 할 때를 이름.

●**웃는 낯에 침 뱉으랴** : 좋은 낯으로 대하는 사람에게는 나쁘게 대하거나 모질게 굴지 못한다는 뜻.

●**웃물이 맑아야 아랫물이 맑다** : 무슨 일이든지 웃사람의 행동이 깨끗하여야 아랫사람의 행실도 바르게 된다는 뜻.

●**원님 덕에 나팔이라** : 존귀한 사람을 좇다가 그 덕으로 분에 넘치는 대접을 받는 것을 이름.

●**원수는 외나무 다리에서 만난다** : 남의 원한을 사면 반드시 그 보복을 받는다는 뜻.

●**원숭이도 나무에서 떨어질 때가 있다** : 아무리 익숙하고 잘하는 사람일지라도 실수할 때가 있다는 말.

●**윤섣달에는 앉은 방석도 안 돌려 놓는다** : 윤섣달은 아무런 행사도 하지 않는다는 데서 나온 말.

●**음식은 갈수록 줄고 말은 갈수록 는다** : 음식은 지나갈수록 줄어드나 말은 옮길수록 보태어져 느는 것이므로 항상 말조심을 하라는 뜻.

●**응달에도 햇빛이 드는 날이 있다** : 역경에 빠져 있는 사람에게도 더러는 행운이 따른다는 뜻.

●**이 없으면 잇몸으로 산다** : 사람은 없으면 없는 그대로 살아갈 수가 있다는 말.

●**임도 보고 뽕도 딴다** : 한꺼번에 두 가지 일을 겸해서 이루고자 꾀하는 것을 이름.

●**입에서 젖내 난다** : 말이나 행동이 매우 유치하다는 뜻.

●**입이 열이라도 할 말이 없다** : 변명할 여지가 전혀 없다는 뜻.

●**잉어가 뛰니까 망둥이도 뛴다** : 제 분수를 돌아보지 않고 남의 행동만을 모방하여 날뛰는 것을 비유함.

●**자는 범 코침 주기** : 공연히 건드려서 스스로 위험을 자초하는 것을 이름.

●**자라 보고 놀란 가슴 소댕 보고 놀란다** : 어떤 사물에 몹시 놀란 사람이 그와 비슷한 사물만 보아도 겁을 내는 것을 이름.

●**자식도 품안에 들 때 자식이지** : 자식은 어렸을 때나 부모 뜻대로 다루지, 크면 부모 마음대로 할 수가 없다는 말.

●**자식은 내 자식이 커 보이고 벼는 남의 벼가 커 보인다** : 자식은 내 자식이 좋게 보이고 재물은 남의 것이 더 탐난다는 뜻.

●**자식을 길러 봐야 부모 은공을 안다** : 부모의 입장이 되어 봐야 비로소 부모님의 길러준 은공을 헤아릴 수있다는말.

●**잠을 자야 꿈을 꾸지** : 원인이 있지 않고는 결과를 바랄 수 없다는 말.

●**장님 코끼리 말하듯 한다** : 일부분만으로 전체인양 말함.

●**장수 나자 용마가 난다** : 무슨 일이거나 잘 되어지면 좋은 기회가 제대로 잘 응한다는 말.

●**저 잘난 맛에 산다** : 사람은 누구나 자기가 남보다 잘났다고 우월감을 가지고 살아간다는 뜻.

●**적게 먹으면 약주요, 많이 먹으면 망주다** : 무슨 일이든지 정도에 맞게 하여야 한다는 뜻.

●**정성이 있으면 한식에도 세배간다** : 마음에만 있으면 언제라도 제 성의는 표시할 수 있다는 말.

●**제 꾀에 제가 넘어간다** : 꾀를 너무 부리면 제가 도리어 그 꾀로 인해 손해를 보게 된다는 뜻.

●**제 발등에 불 먼저 끄고야 아비 발등의 불을 끈다** : 다급한 경우에는 아버지 보다도 제 몸을 소중히 여긴다는 뜻.

●**제 버릇 개 줄까** : 사람의 나쁜 버릇은 쉽게 고치기 어렵다는 뜻.

●**제 빚은 제가 갚는다** : 제가 저지른 잘못은 제가 갚게 된다는 뜻.

●**제 앞에 안 떨어지는 불은 뜨거운 줄 모른다** : 제가 직접 위급한 일을 당해 보기 전에는 그 사정을 모른다는 뜻.

●**좁쌀에 뒤웅 판다** : 좁쌀에다 뒤웅박을 팔 수 없는 것처럼 되지도 않는 일을 한다는 뜻.

●**종로에서 뺨 맞고 한강에 가서 눈 흘긴다** : 모욕을 당한 그 자리에서는 아무 말도 못하고 그 화풀이를 딴 곳에 가서 한다는 뜻.

●**종이도 네 귀를 들어야 바른다** : 서로 힘을 합하여 일하기가 쉽다는 뜻.

●**좋은 약은 입에 쓰다** : 좋은 약은 입에 쓰되 몸에는 이롭듯이, 듣기 싫고 귀에 거슬리는 말이라도 제 인격 수양에 이롭다는 뜻.

●**좋은 일은 제게 보내고, 궂은 일은 남에게 보낸다** : 저만 위할 줄 아는 이기적인 행동을 조롱하는 말.

●**주먹은 가깝고 법은 멀다** : 분개할 일이 있을 때 법은 나중 문제요. 당장에 완력으로 덤비는 것을 말함.

●**죽이 끓는지 밥이 끓는지 모른다** : 무엇이 어떻게 돌아가는지 도무지 모른다는 뜻.

●**중매는 잘하면 술이 석 잔이고 못하면 뺨이 세 대라** : 중매란 잘해도 겨우 술 석 잔 대접받을 정도요, 잘못되면 뺨을 맞는 일이니 억지로 해서는 안된다는 말.

●**쥐구멍에도 볕들 날이 있다** : 아무리 구차한 사람도 좋은 운수를 만날 때가 있다는 뜻.

●**지렁이도 밟으면 꿈틀한다** : 아무리 보잘것 없고 약한 사람이라도 너무 무시하면 반항을 한다는 뜻.

●**지레 짐작 매꾸러기** : 너무 지나치게 미리 짐작하면 도리어 낭패를 볼 수 있으니 신중하라는 뜻.

●**짚신도 제 짝이 있다** : 보잘 것 없는 사람일지라도 배필은 있다는 말.

●**찬물도 위아래가 있다** : 무슨 일에나 순서가 있으니, 그 순서를 따라야 한다는 뜻.

●**참새가 방앗간을 거쳐 지나랴** : 욕심이 있는 사람은 솔깃한 것을 보고 그냥 지나쳐 버리지 못한다는 뜻.

●처가와 변소는 멀수록 좋다 : 처가와 왕래가 너무 잦으면 좋지 않다는 뜻.

●천 냥 빚도 말로 갚는다 : 사람이 사는데 있어 말이 매우 중요하다는 뜻.

●천 리 길도 한 걸음으로 부터 : 아무리 큰 일이라도 그 첫 시작은 작은 일에서 비롯된다는 말.

●첫 딸은 살림 밑천 : 첫딸은 살림에 보탬이 된다는 말.

●첫술에 배부르랴 : 어떤 일이든지 시작하면서부터 바로 만족할 수 없다는 뜻.

●초년 고생은 은을 주고 산다 : 초년에 고생을 겪은 사람이라야 세상살이에 밝고 경험이 많아서 복을 누리니 그 고생을 달게 여기라는 뜻.

●초상집 개 같다 : 의지할 데가 없이 이리저리 헤매어 초라하다는 뜻.

●칠팔월 수숫잎 : 성질이 약하여 잡은 마음이 없어 번복하기를 잘하는 사람을 두고 이름.

ㅋ

●칼로 물베기 : 잘 싸우지만 갈라지지 않고 다시 화합하여 사이좋게 지냄을 이름.

●콩 심은데 콩나고 팥 심은데 팥난다 : 모든 일이 원인에 따라서 결과가 나타난다는 뜻.

●콩으로 메주를 쑨다 하여도 곧이 듣지 않는다 : 거짓말

을 잘하여 믿을 수가 없다는 뜻.

●**큰 방죽도 개미 구멍으로 무너진다** : 작은 사물이라고 업신여기다가는 그 때문에 큰 화를 입게 된다는 뜻.

●**키 크면 속 없고, 키 작으면 자발 없다** : 흔히 키 큰 사람은 실속없고 싱거우며, 키 작은 사람은 참을성이 없고 행동이 가볍다는 말.

●**토끼 둘을 잡으려다가 하나도 못 잡는다** : 욕심을 부려서 한꺼번에 여러가지 일을 하려고 하면 도리어 한 가지 일도 성취하지 못하고 실패하고 만다는 뜻.

●**티끌 모아 태산** : 아무리 작은 것이라도 거듭 쌓이면 많아진다는 뜻.

●**파김치 되었다** : 기운이 지쳐서 몹시 느른하게 된 것을 비유하여 일컫는 말.

●**파리도 여윈 말에 붙는다** : 강자에게는 아무도 손을 대지 않지만 약한 자에게는 누구나 달려들어 먹으려고 한다는 뜻.

●**팔이 들이굽지 내굽나** : 친밀한 사이에 있는 사람에게 먼저 동정하게 되며, 어느 일이나 자기에게 유리하도록 꾀하는

것이 인간의 상정이라는 뜻.

●평양감사도 저 싫으면 그만이다 : 아무리 좋은 일이라도 저 하기 싫으면 못한다는 뜻.

●풍년 거지 더 섧다 : 남들은 다 잘 사는데 저만 어렵게 지내는 처지가 더 슬프다는 말.

●피 다 뽑은 논 없고, 도둑 다 잡은 나라 없다 : 논의 피를 뽑아도 자꾸 나듯, 도둑은 다 잡아도 또 생겨난다는 뜻.

●피장파장 : 서로 매일반이라는 뜻.

●핑계없는 무덤 없다 : 무엇을 잘못해 놓고 여러가지 이유로 핑계하는 사람을 이름.

●하나를 보고 열을 안다 : 일부만 보고 전체를 미루어 안다.

●하늘 보고 주먹질 한다 : 아무 소용 없는 일을 한다는 뜻.

●하늘이 무너져도 솟아날 구멍이 있다 : 아무리 큰 재난이 닥치더라도 그것에서 벗어날 방책은 있게 마련이라는 뜻.

●하늘의 별 따기 : 성취되기가 매우 어려움을 뜻함.

●하루 물림 열흘 간다 : 한 번 연기하기 시작하면 자꾸 더 끌어가게 되니, 무슨 일이건 뒤로 미루지 말라는 뜻.

●한 달이 크면 한 달이 작다 : 세상 일이란 한 번 좋은 일이 있으면 한 번은 나쁜 일이 있기 마련이라는 뜻.

●한 마리 고기가 온 강물을 흐린다 : 한 개인의 못된 행동

이 사회에 큰 해독을 끼침을 이름.

●**한 번 실수는 병가의 상사** : 한 번 정도의 실수는 흔히 있을 수 있는 일이니 크게 탓하거나 나무랄 것이 없다는 뜻.

●**한 번 엎지른 물은 주워담지 못한다** : 한 번 한 일은 다시 원상태로 되돌리지 못하니 항상 조심하여 행동하라는 뜻.

●**한 술 밥에 배부르랴** : 힘을 조금 들이고 효과를 빨리 바랄 수는 없다.

●**한 일을 보면 열 일을 안다** : 한 가지 일을 보면 그 사람의 모든 행동도 미루어 짐작할 수 있다는 뜻.

●**형 미칠 아우 없고, 아비 미칠 아들 없다** : 뭐라 해도 경험을 쌓은 사람이 낫다는 말.

●**형제는 잘 두면 보배, 못 두면 원수** : 형제를 잘 두면 서로 협조하여 잘 지낼 수 있으나 못된 형제가 있으면 서로 이해 다툼을 하고 폐를 끼쳐 원수같이 생각된다는 뜻.

●**호랑이 담배 먹을 적** : 까마득해서 종잡을 수 없는 옛날.

●**호랑이도 제 말하면 온다** : 제삼자를 가리켜 이야기를 하고 있을 때 그 사람이 공교롭게 찾아옴을 이름.

●**호랑이에게 물려가도 정신만 차리면 된다** : 아무리 위급한 일을 당하여도 정신만 똑똑히 차리면 위기를 면할 수 있다는 말.

●**호미로 막을 것을 가래로 막는다** : 적은 힘으로 될 일을 기회를 놓쳐 큰 힘을 들이게 된다는 뜻.

●**혹 떼러 갔다 혹 붙여 온다** : 이익은 없고 손해만 봄.

●**혼사말 하는 데 장사말 한다** : 화제가 도무지 관계 없는 엉뚱한 말을 하는 것을 이름.

●**화약을 지고 불에 들어간다** : 자기 스스로 위험한 곳에 들

어감을 이르는 말.

●**황금 천 냥이 자식 교육만 못하다** : 막대한 유산을 남겨 주는 것보다도 자녀 교육이 더 중요한 것이라는 뜻.

●**효성이 지극하면 돌위에 풀이 난다** : 어버이에 대한 효성이 지극하면 기적적인 일이 일어나 도움을 얻게 될 수도 있다는 말.

●**훈장의 똥은 개도 안 먹는다** : 선생은 아이들을 가르치느라고 속도 많이 썩히고 애를 태운다는 뜻에서 하는 말.

●**흉년에 어미는 굶어 죽고 아이는 배터져 죽는다** : 흉년에는 양식이 모자라 울며 보채는 아이들만 주므로 아이들은 지나치게 배불리 먹게 되고 어른들은 굶게 된다는 말.

●**흰 술은 사람의 얼굴을 누르게 하고, 황금은 사람의 마음을 검게 한다** : 사람의 나쁜 마음은 항상 돈 때문에 생긴다는 말.

故事成語

2003년 3월 25일 재판
2003년 3월 30일 발행

지은이/ 편 집 부
펴낸이/ 최 상 일

펴낸곳 / 太乙出版社
주소 / 서울시 강남구 도곡동 959-19
등록 / 1973년 1월 10일 (제 4-10호)

▪주문 및 연락처

우편번호 100-456
서울특별시 중구 신당6동 52-107 (동아빌딩 내)
전화 / 2237-5577 팩스 / 2233-6166

ISBN 89-493-0236-5 03820